KB269984

안젤리나 졸리

세 가지 열정

로나 머서 지음 | 전은지 옮김

안젤리나 졸리

세 가지 열정

인생을 바꾸고 싶어하는 여자들에게 보내는 열정의 메시지

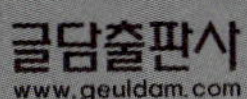

글담출판사
www.geuldam.com

지은이 **로나 머서(Rhona Mercer)**

유명 인사의 소식을 다루고 있는 주간지 《뉴(New)》의 기자. 세계 여러 나라 연예계의 주요 인물과 많은 인터뷰를 했다. 런던에서 살면서 일하고 있다.

옮긴이 **전은지**

프리랜서 영어 번역가. 『세계 최고의 부자 록펠러』, 『마음을 나누는 삶』, 『겨자씨의 비밀』, 『자기만의 돈』, 『내 생에 최고의 해』, 『내 눈에는 악마가』 등 20여 권의 책을 번역하였다.

안젤리나 졸리
세 가지 열정

초판 1쇄 인쇄 2008년 7월 25일
초판 4쇄 발행 2010년 10월 25일

지은이 로나 머서 | **옮긴이** 전은지 | **펴낸이** 김종길 | **펴낸곳** 글담출판사
편집부 이혜선, 임현주, 이경숙, 이은지 | **마케팅부** 김재룡, 박용철, 이민우
온라인 사업부 현지선 | **디자인부** 박시남, 한지혜, 김민정, 박초롱, 윤진숙, 정은경, 김청아
제작부 임재훈 | **홍보부** 한지선 | **관리부** 이현아, 현지훈, 정희영

출판등록 제7-186호
주소 (132-898) 서울시 도봉구 창4동 9번지 한국빌딩 7층
전화 02)998-7030 | **팩스** (02)998-7924
홈페이지 www.geuldam.com | **이메일** bookmaster@geuldam.com

값 9,800원

ISBN 978-89-92814-08-9 03840
잘못 만들어진 책은 바꾸어 드립니다.

글담출판사는 독자 여러분의 의견에 항상 귀 기울이고 있습니다.
책에 대한 좋은 아이디어나 원고가 있으신 분은 bookmaster@geuldam.com으로 보내 주세요.

「이 도서의 국립중앙도서관 출판시도서목록(CIP)은 e-CIP 홈페이지(http://www.nl.go.kr/ecip)에서
  이용하실 수 있습니다.(CIP제어번호: CIP2008002227)」

안젤리나 졸리,
여자를 진화시키는 세 가지 열정
– 열정 없는 삶을 살고 있는 여자들에게

10여 년 전 할리우드에 모습을 드러낸 이후, 안젤리나 졸리라는 인물의 개인적인 인생 여정은 많은 이들의 관심을 받고 있다. 할리우드 스타이지만 개방적이고 솔직한 성격 때문에, 안젤리나가 출연한 영화보다는 그녀의 사생활이 더 사람들의 입에 오르내린다. 그래서 안젤리나를 좋아하는 사람이든, 싫어하는 사람이든 간에 그녀의 삶은 모든 이들의 관심의 대상이었다. 하지만 그 관심은 호감보다는 비호감 쪽에 가까웠다. 안젤리나의 십대 시절을 함께하던 주변 사람들도 그녀를 우울하고 반항적이며, 자해를 일삼던 소녀로 기억하고 있다.

지금의 안젤리나는 누가 보아도 행복에 겨운 모습이다. 예전 할

리우드와 대중들을 경악시키던 '나쁜 소녀'이자 '요부'의 이미지
는 사라진 지 오래이다. 예전에 그녀의 눈빛은 반항적이었고, 세
상에 대해 불만과 환멸로 가득 차 있었지만 지금 그녀의 눈빛은
자애와 온정으로 가득 차 있다.

그녀는 자신이 낳지도 않은 아이들의 어머니가 되기로 스스로
결정했고, 유엔난민고등판무관의 친선대사로서 전쟁으로 폐허가
된 가난한 나라들을 돌아다녔다. 더 나은 미래를 위해 정치인들을
설득했고, 자신의 재산을 털어 기부금을 전달했다. 또한 아이들의
아버지가 될 사람이자 같은 뜻을 가지고 같은 곳을 바라볼 남자를
선택하여 행복한 가족을 이루었다.

이제 안젤리나 졸리는 세계에서 가장 섹시하면서도 강인
한 여전사로서의 이미지를 굳힌 성공한 배우이다. 또한 자
신의 어두웠던 과거를 딛고 일어서 자선 활동을 펼치는 박
애주의자이며, 가난한 나라의 아이들을 입양하는 자애로
운 어머니이다. 그녀는 세계에서 가장 영향력 있는 인물 목록의
10위 안에도 들었다.

안젤리나 졸리는 이제 제2의 인생을 살고 있다.

어떤 점이 그녀를 이렇게 변화시켰을까? 그녀 안에 어떤 열정
이 자기 학대를 일삼던 그녀를 21세기 가장 매혹적인 스타로 이끈

것일까?

안젤리나는 보통 사람들에게서는 찾아보기 어려운 세 가지 열정을 가지고 있다. 남의 시선에 아랑곳하지 않고 늘 자신이 선택한 길에 당당할 수 있는 열정, 실패와 좌절의 나날을 자양분 삼아 새 인생을 살려는 자기 혁신의 열정, 자신만의 개성과 내면의 아름다움을 추구하는 열정이 그것이다. 안젤리나의 이런 열정들이 그녀를 더욱 특별하게 그리고 더욱 빛나게 하고 있다.

하지만 안젤리나 졸리는 원래 그리 특별한 여자가 아니었다. 어쩌면 평범한 사람들보다 더 많이 자괴감에 빠졌고, 더 자기중심적이었으며, 더 주기적으로 우울증에 시달렸던 불운한 여자였을지도 모른다. 또 그런 나약함을 보이기 싫어 강한 척 자신을 꾸미면서 자해를 일삼던 불쌍한 여자였다. 하지만 이제 안젤리나는 불운해 보이고 불쌍해 보이는 여자가 아니다. 남자들보다 여자들이 더 좋아할 정도로 밝고 건강한 사람이 되었다.

내가 이 책을 쓴 이유는 오늘을 사는 소극적이고 소심한 여자들에게 하늘을 나는 법을 가르쳐 주고 싶어서이다. 그녀들은 너무도 평범하다. 근근이 오늘을 살고, 조금이라도 위험한 도전은 하려고 들지 않는다. 정치와 사회 문제 등 공공의 문제엔 관심도 없다. 그녀들은 안젤리나와 무엇이 다른 걸까?

그녀들은 열정 없는 삶을 살고 있는 것이다. 열정 없는 삶은 진짜 자기가 살고 싶은 삶이 아니다. 그런 여자들은 자칫 남의 생각으로 남의 인생을 살 가능성이 크다.

부디 인생을 불태우는 안젤리나 졸리의 세 가지 열정이 우리같이 평범한 여자들도 공작새의 깃털을 갖추고 독수리처럼 하늘을 훨훨 날게 하는 법을 가르쳐 줄 날을 기대해 본다.

로나 머서

안젤리나 졸리, 세 가지 열정

머리말 안젤리나 졸리, 여자를 진화시키는 세 가지 열정
_ 열정 없는 삶을 살고 있는 여자들에게

첫 번째 열정

자신의 선택에 당당하라!

누군가에게 의지하지 않는 삶을 선택하라!

_ 영화배우의 딸로 태어나다 _ 유명인 아버지 밑에서 자란다는 것 _ 아버지의 성을 떼어 버리다

자신이 선택한 사랑에 당당하라!

_ 조니 리 밀러와의 사랑 _ 빌리 밥 손튼과의 사랑 _ 빌리 밥과의 담담한 이별

가끔은 파격적인 것을 선택하라!

_ 불행한 삶을 산, 모델 지아 _ 너무도 닮은 두 여자 _ 〈지아〉를 통해 얻은 자신감

외모가 아닌 재능으로 승부하라!

_ 색다른 주제의 영화, 〈본 콜렉터〉 _ 〈처음 만나는 자유〉, 리사에게 빠져들다 _ 드디어 오스카를 손에 쥐다

내 남자는 내가 선택하라!

_ 파티광은 아버지 자격이 없어 _ 브래드 피트와의 운명적인 만남 _ 모두가 인정하는 연인이 되기까지 _ 브래드를 아이들의 아버지로 선택하다

끊임없이 자신을 변화시켜라!

자신만의 아름다움을 추구하라!

1998년, 안젤리나는 텔레비전 영화 〈지아〉의 주연을 맡았다. 이 영화는 약물중독에 빠져 비극적으로 삶을 마감한 슈퍼 모델 '지아 마리 카라니'의 삶을 그렸다. 비평가들은 〈지아〉에서 안젤리나의 연기를 극찬했다.

첫 번째 열정

자신의 선택에 당당하라!

"내가 오래 살든, 힘들게 살든 별 상관없다고 생각해요. 원하면 언제라도 생을 마감할 권리가 나한테 있으니까요. 그래서 난 언제든 죽을 수 있다는 태도로 열정적으로 살 수 있는 것 같아요."

안젤리나 졸리 보이트에서 안젤리나 졸리로

" 결국 안젤리나 졸리는 자신의 이름에서
'보이트'라는 성을 떼어 버렸다.
아버지에게 배우의 기질이라는 유전자를 이어받았지만
배우 '존 보이트의 딸'이 아니라 배우 '안젤리나 졸리'로
당당히 서기 위한 선택이었다. "

오디션 장으로 들어서는 안젤리나 졸리는 전부터 생각해온 대로 자신의 이름을 '안젤리나 졸리 보이트'가 아닌 '안젤리나 졸리'로 말하기로 결심했다. 그녀가 '보이트'란 아버지의 성을 떼고 처음 출연한 작품은 〈사이보그 2〉(1982)란 작품이었다. 전편은 장 클로드 반담이라는 액션 스타를 성공으로 이끌었지만 이 속편은 영화관에서 상영조차 되지 못하고 곧바로 비디오로 출시되었다. 안젤리나는 이때 자살을 생각할 정도로 심한 우울증을 겪었지만, 그렇다고 해서 아버지의 힘을 빌려 영화를 하고 싶지도 않았다. 온전히 스스로의 힘으로 승부를 보고 싶었던 것이다.

영화배우의 딸로 태어나다

안젤리나 졸리의 아버지는 1978년 〈귀향〉이란 영화로 오스카 상을 거머쥔 연기파 배우 존 보이트이다. 존 보이트는 마셀린 버트랜드(안젤리나의 어머니, 영화배우)와 이혼할 당시 최고의 전성기를 누리고 있었다.

존 보이트는 딸을 굉장히 사랑했다. 2002년 두 사람이 함께한 인터뷰에서 존 보이트는 안젤리나가 태어나던 순간을 다음과 같

첫 번째 열정,
자신의 선택에 당당하라

이 묘사하고 있다. "너는 기억하지 못하겠지만, 네가 엄마의 자궁에서 세상 밖으로 나왔을 때, 난 널 품에 안아 들고 네 얼굴을 쳐다보았단다. 넌 한쪽 볼 옆에 손가락을 대고 있었는데 아주 영리해 보였지. 네 엄마와 나는 네가 태어나서 얼마나 행복한지 모르겠다고 네 귀에 속삭였어. 그리고 널 잘 돌보겠다는 말도 했지. 네가 어떤 아이인지 잘 살펴보고, 하느님이 주신 놀라운 가능성을 네가 실현할 수 있도록 도와주겠다는 약속도 했단다. 내가 약속하는 말을 듣고 분만실에 있던 사람들이 모두 눈물을 흘렸지만, 나는 울지 않았어. 너와 시선을 맞추느라 정신이 없었으니까."

이혼 후 더 이상 함께 살지는 않았지만 아이들에게 늘 관심과 애정을 쏟으려 노력하던 존 보이트는 1982년 당시 일곱 살이던 안젤리나를 영화에 출연시켰다. 그래서 안젤리나는 〈라스베가스의 도박사들〉이란 영화에서 얼떨결에 아역으로 데뷔하였다.

안젤리나는 그런 아버지와 지금까지, 때론 사이좋게 때론 적대감을 드러내며 관계를 맺어 오고 있다. 안젤리나에게 아버지는 어린 시절 늘 자신과 함께 있어 주지 못한 원망스런 사람이기도 했고, 작품 보는 안목을 가르쳐 주고 훌륭한 연기를 선보이는 대선배이기도 했다. 존 보이트의 입장에서도 안젤리나는 그녀의 이름처럼(안젤리나는 천사라는 뜻) 사랑스러운 딸이지만 반항을 일삼고 엽기적인 행각으로 언론을 떠들썩하게 만드는 골칫거리이기도 했

안젤리나 졸리, 세 가지 열정

다. 아버지는 딸과 점점 멀어져만 갔고, 급기야 딸이 군사적으로 위험한 지역이나 가난한 나라들을 찾아다니며 박애를 실천하는 것도 위험한 일이라며 반대하고 나섰다. 결국 2003년 "딸은 심각한 정서적인 문제를 안고 있다."고 존 보이트가 언론에 말하면서 부녀지간은 더 크게 벌어지기 시작했다.

유명인 아버지 밑에서 자란다는 것

1987년, 존 보이트는 딸을 이렇게 묘사했다. "정말 놀라운 아이입니다. 어쩌면 저를 조금씩 닮아 가는지도 모르겠어요. 아이러니하게도 그 점이 걱정이 됩니다. 안젤리나는 재치 있고 상상력이 대단한데다 대단히 활동적인 아이예요. 무언가를 끊임없이 해야만 하는 성격을 지녔지요. 마치 똘똘한 사내 아이 같아요. 아기 때부터 남의 도움은 받지 않으려고 했어요. 알파벳을 처음 배울 때도 도움을 거부하더군요. '싫어, 나 혼자 할 거야. 내가 할 수 있다니까!'라고 말했으니까요. 그게 바로 안젤리나의 본성입니다. 저를 닮았지요. 고집 세고 남의 말 듣길 싫어해요."

한편, 안젤리나는 아버지가 유명인이라는 것을 불편해했다. 어느 날 존 보이트는 아이들을 데리고 어느 레스토랑에서 저녁 식사를 하고 있었다. 그때 한 남자가 머뭇거리며 다가와 반가운 표정으로 알은체를 했다. 그러고는 식사를 방해해서 죄송하다며 혹시

첫 번째 열정,
자신의 선택에 당당하라

영화배우가 아니냐고 물었다. 안젤리나는 그날따라 기분이 안 좋았는지 그 남자에게 이렇게 쏘아 붙였다. "그게 뭐 어때서요? 이제 좀 그만 하세요. 우리도 사생활이란 게 있다고요." 물론 그 남자는 매우 민망해서 어쩔 줄 몰라 하며 물러섰다.

존 보이트는 이날 유명인을 둔 아이들이 내색은 잘 하지 않아도 불편한 일을 많이 겪게 된다는 걸 알게 되었다. "저는 늘 팬들에게 둘러싸여 있습니다. 그래서 우리 아이들에겐 특별한 보호와 보살핌이 필요했어요. 지금 생각해 보면 아이들에게 미안하죠. 평범한 아버지가 아니었다는 것이요. 저 때문에 저녁식사 한번 편하게 못 했으니까요."

아버지가 팬들과 더 가까워질수록 안젤리나는 아버지와 자신의 사이는 점점 멀어지는 것만 같았다. 또한 자신을 바라보는 사람들의 시선도 그냥 귀여운 여자 아이로 보는 것이 아니라 유명 배우의 딸로서만 바라본다는 것을 깨닫게 되었다.

아버지의 성을 떼어 버리다

안젤리나도 배우로서 아버지의 업적은 자랑스럽게 생각했다. 안젤리나가 배우가 되기로 결심했을 때 존 보이트는 딸이 자신과 치열한 접전을 벌일 수 있을 만큼 연기에 재능이 있다고 믿었고, 또 이를 진심으로 기뻐했다. 그러나 어머니를 매니저로 하여 안젤

안젤리나 졸리, 세 가지 열정

리나가 처음 배우를 시작할 때, 그녀는 아버지와 비교되는 게 싫어서 아버지를 멀리하려고 했다.

스물한 살 때 안젤리나는 아버지에 관해 이렇게 말했다. "아버지를 사랑하지만 저는 아버지가 아니에요." 안젤리나는 자신이 존 보이트의 딸이라는 사실을 공적으로 밝히지 않으면 아버지에 대한 부담을 덜 수 있다고 생각했다. "아버지의 존재를 알리지 않고 인터뷰나 오디션에 응하는 게 훨씬 편하고 쉬웠어요. 또 대본을 아버지께 보여 드릴 필요도 없었죠." 딸이 아버지의 전철을 밟아 배우가 되었다는 사실이 너무 강조되면 배우로서 일할 때 오히려 방해가 될 수 있다고 믿었기 때문이다. 또한 유명인의 딸이라서 특혜를 입었다거나 그 아버지의 연기와 비교되는 대상이 되고 싶지 않았기 때문이다.

결국 안젤리나 졸리는 자신의 이름에서 '보이트'라는 성을 떼어 버렸다. 아버지에게 배우의 기질이라는 유전자를 이어받았지만 배우 '존 보이트의 딸'이 아니라 배우 '안젤리나 졸리'로 당당히 서기 위한 선택이었다. 이러한 결정에는 자신의 인생을 누구에게도 의지하지 않고 스스로 개척하려는 그녀만의 철학도 작용하였다. 아버지의 성을 떼어 버린 안젤리나 졸리는 스스로 서기 위해 더 열심히 연기에 몰입할 수 있었고, 결국 기존 할리우드 스타들과는 다른 자신만의 길을 개척할 수 있었다.

후회 없이 사랑하고,
성장하며 이별하기

"안젤리나는 마음을 강하게 다지면서
빌리 밥과의 이별 때문에 다시 우울증에 빠지지 않으리라 결심했다.
또한 캄보디아에서 입양한 아들 매덕스를
혼자서 잘 키우리라 마음을 굳게 먹었다."

안젤리나 졸리는 할리우드의 어떤 여배우보다 연인과의 사생활 그리고 스캔들로 언론을 떠들썩하게 하는 배우이다. 그녀와 영화를 찍은 남자 배우들은 하나같이 그녀의 매력에 푹 빠졌고, 일반 사람이라면 쉽게 따라할 수 없을 만한 특이하고도 열정적인 사랑을 나눴다.

안젤리나는 많은 남자 배우들과의 염문 때문에 개인적으로 이미지에 큰 상처를 받았을 수도 있지만 자신이 선택한 사랑을 숨기거나 누군가를 사랑하는 자신의 마음을 속이지 않았다. 사랑의 대상이 여자라도 말이다. 또한 그 사랑의 방법들이 다른 사람들에게 기괴하게 느껴지더라도 피해를 주지 않는 이상 남의 시선에 아랑곳하지 않고 자신의 방식대로 남자를 사랑했다.

안젤리나는 이제껏 두 번의 결혼과 이혼을 하였다. 한 명은 〈해커스〉(1995)를 같이 찍은 영국 배우 조니 리 밀러이고, 또 다른 한 명은 〈에어 콘트롤〉(1999)에서 남편 역할을 했던 빌리 밥 손튼이다. 안젤리나는 이 둘 말고도 그녀가 선택한 남자에 대해 대부분 언론에 당당히 공개하였다. 스캔들이 나면 인기가 떨어질 것을 걱정하며 첩보 영화를 찍듯 '몰래 데이트'를 즐기는 다른 유명인들과는 무척 다른 열정적인 모습이다.

하지만 그녀는 자신이 하는 일에 대한 열정을 배우자가 이해 못한다거나, 자신의 깨달음과 변화에 공감하지 못하고, 세계를 돌아다니며 해야 하는 인도주의적 봉사에 같이 참여하지 않는다면 과감히 그 사랑을 포기할 줄도 아는 여자이다. 안젤리나는 그 사람의 겉모습이나 조건을 사랑한다기보다 그 사람의 생각과 영혼을 사랑하는 여자이기 때문이다. 같은 꿈을 꾸고 그것을 같이 실천할 수 있어야 사랑도 지속될 수 있다고 믿는 여자인 것이다.

조니 리 밀러와의 사랑

〈해커스〉는 안젤리나가 열아홉 살 때 찍은 영화이다. 비평가들에게 혹평받을 영화란 것을 알고 있었지만 그녀는 신인배우였기 때문에 출연 제의를 거절할 수가 없었다. 사실상 실패작이었지만 안젤리나는 이 영화에서 첫 남편을 만나게 된다. 조니와 안젤리나는 영화에서 데이드와 케이트라는 십대 해커 역할을 맡았는데, 영화에서도 그 둘은 사랑에 빠지는 설정이었다.

두 사람은 만나자마자 서로에게 이끌렸고, 이는 누가 봐도 확실히 알 수 있을 정도였다. 안젤리나는 조니와의 만남에 대해 이렇게 말했다. "우리는 〈해커스〉를 통해 만났는데, 촬영하는 동안 내내 저는 사랑에 빠져 있었어요. 대단히 강렬한 감정이었죠. 영화

안젤리나 졸리, 세 가지 열정

의 세계 속으로 빨려 들어가는 것 같았으니까요. 마치 불치병을 앓고 있어서 살날이 얼마 남지 않았기 때문에 남들보다 두 배는 더 강하게 사랑해야 한다는 그런 느낌이었어요."

조니도 안젤리나 같은 여자를 만난 건 난생 처음이었다고 고백했다. "안젤리나는 명석한 여자였습니다. 미녀 배우들이라면 좋아할 만한 평범한 건 거부했지요. 확실히 성공할 여배우라고 생각했고, 그렇게 되기를 진심으로 간절히 원했습니다. 안젤리나는 충분히 그럴 만한 여자예요."

둘은 성격이 많이 달랐다. 안젤리나는 솔직하고 성격이 불같은데 반해 조니는 수줍고 내성적이었다. 하지만 성격이 다른 것은 그 둘에게 별 문제가 되진 않았다. 그런 문제보단 안젤리나가 조니를 만나기 전 3년 동안 사귄 펑크족 남자 친구와 헤어진 지 얼마 지나지 않았다는 것이 더 큰 문제로 작용하였다. 그녀는 아직 슬픔 속에서 완전히 헤어 나오지 못했던 것이다.

너무 어린 나이에 동거까지 한 그 펑크족 남자 친구와 자해까지 일삼던 안젤리나는 이별 후에 그만큼 깊은 상처를 갖게 되었다. 서로 변하지 않겠다고 아무리 굳게 약속한다고 해도 그 약속이 영원히 지켜지기가 힘들다는 것을 알았기 때문에 그녀는 영화 촬영이 끝남과 동시에 조니와의 사랑도 끝이 날 것이라고 생각했다. 결국 안젤리나는 조니를 거부하기에 이른다.

이 둘의 사랑이 이루어지기 어려웠던 또 다른 이유로는 안젤리나의 동성애 취향 때문이었다. 안젤리나는 〈해커스〉 이외에도 주목받지 못한 영화 몇 편을 더 찍었는데, 그중 〈폭스파이어〉란 영화에 함께 출연한 일본계 미국인 제니 시미즈란 모델과 특별한 감정을 느끼게 되었다. 안젤리나는 남자를 바라볼 때와 같은 시선과 감정으로 제니를 바라보았다고 고백했다.

원래 안젤리나는 성에 관한 자신의 의견을 숨기지 않았고 동성애에 대한 편견도 갖고 있지 않았기 때문에 여자를 사랑한다는 것도 망설임 없이 인정할 수 있었다. 안젤리나는 자신의 성적 취향에 대해 이렇게 말했다. "여자로서 다른 여자에 대한 사랑의 감정을 이해할 수 있어요. 저도 느꼈으니까요. 사랑을 하는 데 상대의 성별은 상관없다고 생각해요."

조니는 어처구니없게도 여자를 연적으로 두게 된 처지였다. 하지만 조니는 그런 상황에서도 안젤리나에 대한 구애를 포기하지 않았다. 조니의 애정 공세는 마침내 결실을 보게 되었고, 결국 안젤리나는 남자인 조니를 선택하였다.

조니 리 밀러와의 결혼 생활은 안젤리나가 결혼 생활이나 아내로서의 역할보다 일을 더 중요시했기 때문에 위기를 겪게 되었다. 둘은 서로의 차이를 인정하며 헤어지게 됐지만 결코 비방하거나 나쁜 기억을 남기지 않았다. 둘은 지금까지도 연락을 주고받으며

안젤리나 졸리, 세 가지 열정

서로에게 편한 친구로 응원을 아끼지 않는다.

빌리 밥 손튼과의 사랑

〈처음 만나는 자유〉로 오스카를 수상했을 때, 안젤리나는 그 기쁨을 나누기 위해 연단에 오르기 전 친오빠와 입맞춤을 했다. 다소 오해의 소지가 있어 보이는 그 장면 때문에 언론은 또 한 번 그녀를 구설수에 오르게 했다. 하지만 안젤리나는 괘념하지 않았다. 몇 달 전부터 사랑해 오던 비밀의 연인에게 기쁜 소식을 전하려는 마음에 자신이 어떤 실수를 했는지도 몰랐기 때문이다. 오스카 수상 후 안젤리나는 그에게 제일 먼저 전화하였다. 그 남자는 그녀가 〈에어 콘트롤〉 촬영장에서 만난 빌리 밥 손튼이었다. 오스카 시상식이 끝난 후 안젤리나는 파티장에 오래 머물지 않았다. 예의상 잠깐 참석한 뒤 곧바로 빌리 밥에게로 갔다. 아카데미의 영광을 안은 여배우에게 축하 의식이 너무 짧고 조촐했지만 안젤리나는 빌리 밥과 함께 있는 순간을 축하 파티보다 더 소중하게 생각했다. 만약 빌리 밥과 함께하려면 지구 끝까지 가야 한다 해도 안젤리나는 기꺼이 나섰을 것이다.

빌리 밥은 '블루 앤 더 블루 벨벳'이라는 소울 그룹의 일원이었으며, 직접 시나리오도 쓰며 영화 활동도 하는 재능 있는 연예인이었다.

그는 밑바닥에서부터 일해 오면서 순전히 자기의 노력과 실력으로 영화계에서 인정받은 스타에 속했다. 그는 〈슬링 블레이드〉라는 영화 시나리오를 집필해서 자신이 직접 감독과 주연을 맡았는데, 이 영화로 영화계의 인정을 받았다. 1996년 아카데미 최고 남우주연상 후보에 지명되었고 최고 각색상을 수상하였다. 이 영화는 정신적인 장애를 갖고 있는 칼 차일더스라는 인물이 12살 때 어머니와 어머니 애인을 죽이고 정신병원에 들어갔다가 성인이 되어 퇴원한 뒤 고향에서 삶에 적응하고자 노력하는 이야기이다.

안젤리나는 처음 만났을 때부터 빌리 밥을 '말 그대로' 존경하였다. 할리우드에서 자수성가하기란 정말 어려운 일인데도, 순전히 빌리 밥은 자신의 재능과 노력만으로 성공한 것이라 생각했기 때문이다. 안젤리나는 빌리 밥이 뛰어난 창조력의 소유자이기 때문에 무언가 굉장한 일을 할 수 있다고 믿었으며, 무엇보다 예술을 하는 연인을 옆에 두어 매우 기뻐하였다.

안젤리나는 늘 자신이 뭔가 배울 수 있고, 공감할 수 있는 영혼의 소유자와 사랑하기를 간절히 원했다. 그녀는 빌리 밥이 딱 자신에게 맞는 남자라 생각했으며, 사랑하고 존경하기에 충분하다고 생각했다.

빌리 밥과 안젤리나는 공통점도 많았다. 주로 컬트적인 취미에 있어선 환상적인 파트너라 할 수 있었다. 안젤리나의 칼 수집 취

안젤리나 졸리, 세 가지 열정

미도 빌리 밥에겐 멋진 편집증으로 보였으며, 빌리 밥의 강박 신경증도 안젤리나에겐 대수롭지 않은 일로 여겨졌다. 둘은 모두 아버지와 사이가 좋지 않았으며, 갈등은 대부분 그 둘의 강한 성격 때문에 빚어진 것이었다. 이런 비슷한 문제점들과 공감대가 둘 사이의 애정에 강하게 작용했던 것도 사실이다.

안젤리나는 이렇게 표현하였다. "저는 빌리의 아내가 되기에는 너무 부족해요. 빌리와 함께할 수 있어서 영광이에요. 저와 빌리는 생각과 윤리관이 비슷하고, 유머 감각, 꿈, 소망이 너무도 닮았어요." 물론 나중에 안젤리나의 자선 활동에 대해서 빌리 밥은 다른 의견을 보였지만 이때까지만 해도 그녀는 자신이 인도주의자가 될 거라는 건 전혀 모르고 있었다.

하지만 둘 사이에 비슷한 점이 많았다는 것은 누구도 부인할 수 없는 사실이다. 무엇보다 둘은 할리우드의 일반적인 스타들과는 달리 자신들의 사생활을 솔직히 공개했고, 언론이 어떤 말을 떠들어 대든지 상관하지 않았으며, 자신의 소신과 스타일대로 인생을 살았다는 점에서 가장 닮지 않았나 싶다.

하지만 이들에게도 넘기 힘든 장애물이 기다리고 있었다. 나이 차이가 무려 20살이나 났고, 당시 빌리 밥은 약혼한 처지였다. 또한 빌리 밥은 이제까지 네 번이나 결혼에 실패한 인물이기도 했다. 누가 봐도 둘이 결혼한다는 것은 안젤리나에게 손해라고밖에 보이지 않을 그런 관계였다.

〈에어 콘트롤〉 촬영이 끝난 뒤 안젤리나와 빌리 밥은 몇 달 간 연락을 하지 않았다. 둘 사이의 장애물을 서로 의식하고 있었던 것이다. 하지만 마침내 전화 통화는 다시 재개되었고, 결국 두 사람은 다시 만났다. 이번에는 영화보다 더 극적인 장면을 연출했다.

2005년 5월 5일 라스베이거스에서 두 사람이 결혼식을 올리기 전 날, 안젤리나는 자해로 UCLA 병원에서 72시간 동안 입원해 있었다. 이유인 즉 빌리 밥과 함께할 수 없다는 사실에 '몸이 마비되는 듯한' 슬픔과 자살 충동을 느꼈기 때문이다.

나중에 안젤리나는 《롤링스톤》 잡지와의 인터뷰에서 일련의 사건에 대해 이렇게 밝혔다. "너무도 함께 있고 싶었는데, 그럴 수 없었어요. 우리 두 사람 다 서로를 얼마나 사랑하는지 알고 있었지만 여러 가지 이유로 결혼은 불가능한 상황이었죠. 그러다 무슨 이유에서인지 저는 빌리에게 무슨 사고가 생겼다고 착각하게 됐어요. 그래서 전 자제력을 잃었고…… 그러니까 한마디로 정신이 나갔던 거죠."

안젤리나는 자해를 했고 정신병원에 입원할 수밖에 없었다. "정말이지 그때를 생각해 보면 웃음밖에 안 나와요. 병원에 입원한 여자 환자들이 저 때문에 분명히 놀랐을 거예요. 저는 더듬거리며 정신없이 주절댔는데, 제가 영화에서 그렇게 연기하는 모습을 본

환자들도 있었거든요. 얼마나 이상했겠어요. 제가 영화에서처럼 실제로 정신병원에 와 있으니 말이에요."

의사들도 안젤리나의 행동이 극도의 슬픔에 휩싸인 사람의 행동과 비슷하다고 진단했다. 안젤리나는 빌리 밥이 갑자기 이 지구에서 사라진 것처럼 느껴졌고, 그것이 너무 불안해 신체적으로 불안 발작을 보인 것이라고 설명하였다.

안젤리나는 이처럼 극단적인 심리 상태를 보이기도 했지만 이런 일을 솔직하게 밝히는 데 망설이지 않았다. 그녀는 "다른 젊은 여성들이 건강한 삶을 사는 데 도움이 된다면, 제 결점이 드러나는 건 아무래도 상관없어요. 저는 열정적으로 살고, 열정적으로 사랑하고, 뭐든 강하게 해요."라고도 말했다.

딸의 반대에도 불구하고 안젤리나의 어머니는 그 상황에서 유일한 해결책은 빌리 밥을 찾아내서 사태를 그에게 알리는 것이라고 생각했다. 그 결과, 안젤리나는 퇴원한 지 몇 시간 후에 빌리 밥과 극적인 만남을 가질 수 있었으며, 여러 생각할 것 없이 라스베이거스의 결혼식장으로 직행하였다.

두 사람 모두 남들이 자신을 이해하지 못한다는 괴로움을 내적으로 안고 있었는데, 결혼 후 둘은 마침내 내적인 편안함을 찾게 되었다. 이에 관해 안젤리나는 이렇게 말했다. "제가 안정되거나 또는 정착된 삶을 살리라고는 생각 못했어요. 게다가 만족감과 행

첫 번째 열정,
자신의 선택에 당당하라

복감까지 느끼면서요. 저는 항상 삶에서 무언가가 부족한 듯 공허했는데, 이제 저는 안정되었고 제 삶의 의미를 찾았어요. 빌리 밥이 저를 완전하게 만들어 준 셈이에요. 저는 빌리 밥을 숭배해요. 함께 있으면 너무 즐거워요.”

안젤리나는 남편 빌리 밥 덕분에 사랑하는 법, 자신을 받아들이는 법을 배웠다고 했다. 이는 방황하던 시절에 안젤리나가 얻고자 애썼던 것들이다. “우리는 서로를 만나기 전에는 어디에서도 소속감을 느끼지 못했어요. 이제 우리는 서로를 완벽하게 이해하는 사람을 만났죠. 빌리가 저에게 사랑이 무엇인지 가르쳐 주기 전에 저는 자신을 사랑하는 법조차 알지 못했어요.”

빌리 밥 역시 자신의 삶에 안젤리나가 미친 지대한 영향에 대해 찬사를 늘어놓았다. “안젤리나는 제 영혼의 구원자입니다. 저처럼 결혼에 실패를 많이 해본 사람의 말을 믿으려고 하지 않겠지만 비로소 안젤리나로 인해 저는 거짓된 삶에서 빠져나올 수 있었습니다.”

두 사람이 결혼식을 올린 직후, 빌리 밥은 안젤리나를 위해 두 곡의 노래를 작곡했다. 〈당신의 푸른 그림자〉와 〈안젤리나〉였는데, 안젤리나는 이 노래들을 듣고 눈물을 흘리며 감동하였다고 한다.

하지만 안젤리나는 빌리 밥과 결혼하면서 더 많은 구설수에 올

안젤리나 졸리, 세 가지 열정

랐고, '이미지 메이킹' 자체를 원하지도 않았지만, 어쨌든 돌이킬 수 없을 정도로, 할리우드의 '나쁜 소녀', '남자의 혼을 빼놓는 킬러'로 자신을 부르는 사람을 더욱 많이 만나게 되었다.

그럴 수밖에 없는 것이 빌리 밥 자신도 안젤리나의 그런 면을 감추고 고쳐 주려고 애쓰기보단 자랑스러워하고 당당하게 공개하는 것을 주저하지 않았기 때문이다.

이들 부부의 결혼 생활은 다소 엽기적인 가십거리로 신문 1면을 장식하기에 이르렀다. 그 사건들은 다음과 같은 것들이다. 안젤리나와 빌리 밥의 결혼식은 라스베이거스의 결혼 전용 교회에서 청바지를 입은 채로 189달러짜리 패키지로 거행되었다. 또한 이들 부부는 서로에 대한 열정적인 사랑을 낯 뜨거운 언사들로 공개하기도 하고, 부부의 성생활에 대해서도 너무나 솔직하게 밝혀 세간의 따가운 눈초리를 받았다. 이 둘은 서로의 피가 담긴 작은 유리병을 목에 걸고 다니기도 했다.

이렇듯 한때는 집착이라는 표현이 적당할 만큼 열정적인 사랑을 나누던 두 사람이었지만 이 둘의 사이도 점차 벌어지게 되었다. 바로 안젤리나 졸리가 가난한 나라의 아이들을 입양하겠다고 결심하고, 자선 활동을 하기 위해 세계의 오지와 폐허로 여행을 떠난 이후부터였다. 그런 안젤리나의 변화를 빌리 밥은 이해하지 못했다.

빌리 밥과의 담담한 이별

두 사람 사이는 몇 가지 이유로 틈이 생겼고 그 틈은 점점 크게 벌어지기 시작했다. 서로 각자의 길을 가는 건 상상할 수도 없다던 안젤리나와 빌리 밥은 서로 다른 각자의 관심 분야에서 나름대로 열심히 생활했다. 빌리 밥은 밴드 활동에 몰두하며 스튜디오에서 녹음 작업에 열중했고, 그동안 안젤리나는 전 세계의 사회, 복지 문제에 관해 공부하며 집 밖에서 보내는 시간이 많아졌다.

안젤리나는 각자 하고 싶은 일을 독자적으로 시작하면서부터 둘 사이에 금이 가기 시작했다고 회상했다. "빌리가 음악에 집중하는 동안 저는 위층에 올라가서 책을 읽었어요. 당시 저는 삶의 큰 변화를 겪던 시기였고, 정치적인 활동을 점점 더 활발하게 펼치고 있었어요. 저는 빌리 밥에게 '좋아요. 당신이 하던 음악 작업을 끝내는 동안 나는 워싱턴에 다녀올게요. 그럼 월요일에 봐요.'라고 말한 뒤 2주가 지나면 또 '좋아요. 나는 시에라리온과 탄자니아에 다녀올게요.'라고 말했죠. 이런 식의 대화가 계속되었어요."

안젤리나 부부의 또 다른 문제점은, 안젤리나가 난민촌을 방문할 때 빌리 밥이 함께 동행하기를 꺼렸다는 데 있었다. 물론 빌리 밥이 비행기를 싫어한 것도 한 이유였지만, 그 외에도 아내가 많은 시간을 해외에서 보내며 물질과 마음을 쏟아 붓는 데 조금씩

안젤리나 졸리, 세 가지 열정

불만이 생긴 것도 사실이었다. 하여간 함께 여행하기를 거부하는 남편의 행동은 안젤리나의 마음에도 상처가 되었고, 자신의 열정을 지지하지 않는 남편을 이해하기가 힘들었다.

"빌리는 난민촌에 한 번도 간 적이 없었어요. 제가 같이 가자고 해도 싫다더군요. 하는 행동을 보면 그 사람이 어떤 사람인지 알 수 있어요. 그리고 상대방의 행동 때문에 마음의 상처를 입기도 하죠." 안젤리나는 남편을 비난했다.

둘이 결혼하던 당시와 비교할 때 빌리 밥은 변한 게 없었지만 안젤리나는 본질적으로 많이 변했고 그녀 자신도 이를 잘 알고 있었다. "저는 마음을 열고 세상에 대해 더 많이 알고, 배우고 싶었어요. 다른 사람들에 대해서, 세상에서 벌어지는 일에 대해서 알고 싶었어요. 그렇게 해서 저는 변했어요."

안젤리나는 마음을 강하게 다지면서 빌리 밥과의 이별 때문에 다시 우울증에 빠지지 않으리라 결심했다. 또한 캄보디아에서 입양한 아이 매덕스를 혼자서 잘 키우리라 마음을 굳게 먹었다. 물론 '혼자서' 아이를 키우게 되리라고는 전혀 상상하지 못했지만, 아버지가 아이에게 긍정적인 영향을 미치지 못한다면 차라리 없는 편이 더 낫다고 생각했다.

안젤리나는 이혼에 관해 이렇게 심정을 토로했다. "한동안 꽤 화가 나고 실망한 것도 사실이지만, 제가 해결할 수 있는 일이 아

첫 번째 열정,
자신의 선택에 당당하라

니었어요. 힘든 시기였지만 제 안에 강한 힘과 결단력이 느껴졌지요. 전에는 제게 그런 면이 있는지도 몰랐었는데 말이죠. 그때는 제 삶에 엄청난 변화를 초래한 전환점이자, 커다란 발전을 이룬 중요한 시간이었어요."

안젤리나는 어린 시절 아버지가 자식을 내팽개치고 집을 나간 기억이 있기 때문에 아버지의 책임과 의무에 대해 더욱 확고한 소신을 가지고 있었다. "가족은 거저 얻는 게 아니에요. 부모의 책임을 다하지 않고서 나중에 내가 낳았으니 내 아이라고 주장할 수는 없어요. 저는 어렸을 때 아버지가 가정에 없다는 사실을 대단히 슬퍼했어요. 하지만 지금은 오랜 시간 동안 엄마가 저희 남매와 아버지가 한 가족처럼 느끼도록 애쓰셨다는 사실에 가슴이 아파요. 어떤 사람들은 이혼한 후에도 성탄절이나 생일이면 행복한 가족인 양 연기하며 함께 시간을 보내는데, 그건 잘못이에요. 저는 제 부모님의 실수에서 많은 것을 배웠어요. 그래서 저는 단순히 부모라는 의무감 때문이 아니라, 진심으로 같이 있고 싶어서 옆에 있어 주는 사람이 매덕스의 아버지여야 한다고 생각해요."

만약 매덕스가 없었다면 안젤리나는 빌리 밥과의 파경으로 심각한 우울증에 빠졌을 것이다. 전에 우울증 병력이 있었기 때문에 대단히 위험한 지경에 빠질 가능성이 높았지만, 다행히 당시 안젤

안젤리나 졸리, 세 가지 열정

리나는 자기 자신은 물론이고 남의 감정에 대해서도 책임감을 느끼는 사람으로 변해 있었다. 그래서 안젤리나는 부모의 파경이 아들 매덕스에게 어떤 악영향도 미치지 않게 하리라 굳게 결심했다.

"저는 싸우거나 화를 낼 수 없었어요. 고개를 들면 작고 귀여운 아들의 얼굴이 보였거든요. 제가 슬퍼하면 매덕스도 슬퍼했어요. 그래서 진심으로 매덕스를 위해 좋은 집안 분위기를 만들고 싶었죠. 저는 세상 사람들이 생각하는 것보다 더 강하고 더 안정적인 사람이에요. 힘든 건 사실이었지만, 그렇다고 하늘이 무너진 것도 아니잖아요. 단지 제 삶의 한 부분을 차지하던 사람이 제 삶에서 빠져나간 것뿐이에요. 자기 연민의 감정에서 벗어나 스스로의 삶을 책임지는 자세가 중요하다고 믿었죠."

첫 번째 열정,
자신의 선택에 당당하라

<지아>, 또 다른 안젤리나 졸리

> "지아가 배워야 할 교훈을 제가 확실하게 배웠어요.
> 특히 무엇보다 건강한 신체가 중요하다는 걸 배웠죠.
> 또 남들의 기대만큼 똑똑하고 현명하게 행동해야
> 한다는 것도 깨달았어요. 거울에 비친 제 모습을 보며
> 지아처럼 몰락하지 않겠다고 결심했죠."

안젤리나가 〈처음 만나는 자유〉(1999) 이전에 선택한 영화들은 대부분 상업적으로 흥행하지 못했다. 또한 안젤리나의 연기력을 알아보는 비평가도 없었으며, 안젤리나 또한 배우라는 직업에 극도의 환멸감을 느끼며, 진지하게 영화배우라는 직업의 포기를 고려한 적도 있었다.

그러던 중 안젤리나는 TV 영화 〈지아〉(1998)에 출연하게 되었고, 이 드라마로 인해 그녀는 대중의 인정을 받을 수 있었다. 물론 안젤리나는 그럴 만한 자격이 있었다. 왜냐하면 이 힘든 영화를 선택한 것은 안젤리나 자신이었기 때문이다. '지아'란 역할은 예쁜 모습만을 보여 주려는 여배우에겐 굉장한 모험심과 용기 있는 도전이 필요한 역할이었다. 한마디로 파격적인 선택을 해야 하는 경우에 해당했다. 영화가 끝나도 대중들은 배우를 영화 속 방탕하고 불운한 지아의 이미지로 생각할 수 있기 때문이다.

하지만 안젤리나는 인생을 살면서 때론 파격적인 선택이 필요하다는 것을 알고 있었다. 자신의 이미지를 연기보다 중요하게 생각하는 여배우라면 누구나 거절할 만한 이 역할을 안젤리나는 용기 있게 선택하였다. 또한 그녀는 자신과 너무도 비슷한 삶을 살다 간 지아 역할을 위해 자신의 부정적인 모습까지 모두 투영하여 연기하기로 결심하였다.

안젤리나의 모든 경험과 재능을 숨기지 않고 보여 준 것이기에 그녀는 이 TV 영화로 결국 대중들의 뇌리 속에 안젤리나 졸리라는 배우의 존재를 각인시켰으며, 연기력 또한 인정받을 수 있었다.

물론 그녀는 지아 역할로 음울하고 정서가 불안해 보이는 여자의 이미지가 더욱 강해진 것이 사실이다. 하지만 뒤에 언급하겠지만, 그녀는 또 다른 파격적 선택(영화 〈툼 레이더〉를 말함)으로 이런 이미지를 오래 가지고 있진 않는다.

불행한 삶을 산, 모델 지아

안젤리나가 주연을 맡은 〈지아〉는 약물 중독에 빠진 수퍼 모델 지아 마리 카라니(Gia Marie Carangi)의 일생을 그린 전기 영화였다. 1960년 1월 29일에 태어난 지아는 1970년대 후반에서 1980년대 초반에 활동하던 슈퍼모델로, 거침없이 성공가도를 달리다 결국 비참한 최후를 맞이한 비운의 인생을 산 인물이었다. 필라델피아 고향에서조차 알려지지 않던 무명의 지아는 18세 때 갑자기 패션업계에 혜성처럼 나타났고, 스타 모델로 대성공을 거두었다.

하지만 어린 모델이 감당하기에는 그 성공이 너무 버거웠다. 얼마 후 지아는 화려한 모델 생활을 배경으로 방탕한 파티를 즐기다가 결국 코카인에 중독되고 만다. 이탈리아, 웨일스, 아일랜드계 조상의 피를 물려받은 지아는 사진작가가 꿈꾸는 최고의 모델이라고 할 수 있었다. 불행하게도 지아의 약물 복용은 '정상'의 도를 훨씬 넘어섰다. 그녀는 마약을 끊으려는 시도도 하였지만, 결국 끔찍하고 형편없는 모습으로 사진 촬영에 나타날 정도로 망가졌다. 헤로인 주사를 맞기 위해 몰래 촬영장을 빠져나가기도 했고, 성격이 폭력적으로 변해 툭하면 불끈 화를 냈으며, 가끔은 사진기 앞에서 잠들어 버리기도 했다. 1981년, 마침내 패션 업계는 지아에게 등을 돌렸고, 결국 그녀는 재활시설에 들어갔다.

지아의 마지막 사진 촬영 작품은 1982년《코스모폴리탄》잡지 표지였다. 헤로인 주사 때문에 생긴 팔의 상처를 감추기 위해 그녀는 양손을 뒤로 한 포즈를 취해야 했다. 이 사진을 마지막으로 지아의 영광의 날은 끝나 버렸다. 1983년, 지아는 창녀로 일하기 시작했고 강간도 몇 번 당했다. 당시 새로운 질병인 에이즈가 발견되어 세상이 떠들썩했는데, 1984년에 지아는 에이즈 감염 진단을 받았다. 결국 1986년 11월 18일, 지아는 에이즈 투병 중 26세의 나이로 세상을 떠났다. 그녀의 장례식에 패션업계 관계자들은 한 명도 오지 않았고, 함께 일하던 몇몇 지인들만이 한때 패션계를 장악했던 아름다운 젊은 여성의 죽음을 애도했다.

너무도 닮은 두 여자

안젤리나는 지아 역할에 강한 매력을 느꼈다. 그녀 역시 지아처럼 무엇을 하든 끝장을 보는 성격이었기 때문이다. 처음에 안젤리나는 많은 문제를 안은 복잡한 인물을 연기한다는 게 망설여졌다. 실제로 네 번이나 지아 역을 거절했지만 일단 하겠다고 결정한 후에는 뒤도 돌아보지 않고 연기에만 몰두했다. 안젤리나는 이렇게 말했다. "지아는 저와 닮은 구석이 많아서 이번 역할을 통해 제 안의 모든 부정적인 면이 깨끗하게 씻겨 나가든가, 아니면 저 자신과 엉망진창 완전히 뒤섞일 거라고 생각했어요."

지금까지 안젤리나가 맡은 역할 중 가장 도전적인 역할이 바로 지아 역이었지만, 지아와 안젤리나는 닮은 점이 아주 많았다. 안젤리나도 모델이었고 변덕스러운 패션업계에서 많은 고통을 받았으며, 지아처럼 자신을 아웃사이더로 느꼈다. 또한 지아처럼 동성애에 빠진 적이 있었고, 나이가 들면서 실험적이고 과감한 성생활을 즐겼다는 점도 동일했다. 여러 가지 공통점 중에서도 가장 눈에 띄는 것은 둘 다 약물을 복용했다는 사실이다. 지아의 경우와는 달리, 안젤리나는 심각한 상황이나 문제가 될 정도의 약물 중독으로 발전하지는 않았지만, 지아라는 인물의 성격을 이해하는 데 그녀 자신의 약물 경험은 분명 도움이 됐을 것이다.

안젤리나는 지아와 자신이 닮은 점이 있다는 걸 시인하면서도 다음과 같이 지아처럼 살지 않겠다고 당당히 말하였다. "지아가 배워야 할 교훈을 제가 확실하게 배웠어요. 특히 무엇보다 건강한 신체가 중요하다는 걸 배웠죠. 또 남들의 기대만큼 똑똑하고 현명하게 행동해야 한다는 것도 깨달았어요. 거울에 비친 제 모습을 보며 지아처럼 몰락하지 않겠다고 결심했습니다."

〈지아〉를 통해 얻은 자신감

안젤리나는 〈지아〉 촬영을 위해 사적인 모든 인간관계를 일시 중단할 만큼 최선을 다했고, 결국 1999년에 그녀의 고된 노력과 희생은 보상을 받았다. 안젤리나는 비극적인 인물을 훌륭하게 연기한 공로를 인정받아 미니 시리즈와 텔레비전 영화 부분에서 '골든 글로브 최고 여우주연상' 그리고 '미국 배우조합상(SAG 어워드) 최고 여우주연상'을 수상하였다.

하지만 안젤리나는 〈지아〉 촬영이 끝나자 몸과 마음이 지쳐 버려 다시 연기에 환멸감을 느끼게 됐다. 물론 여우주연상을 받기 전이었지만 그녀는 다시 한 번 한동안 연기를 중단하리라 결심하며 이렇게 말했다. "제가 가진 것 전부를 〈지아〉에 쏟아 부어서 그런지, 더 이상 제 안에 남은 게 전혀 없다는 느낌이 들어요."

다시 말하지만 안젤리나는 〈지아〉를 연기하면서 지아의 입장이 되어 그녀의 삶을 몇 달 동안 살아 본 셈이었다. 지아는 모델로서는 엄청난 성공을 거두었지만, 개인적으로는 전혀 만족할 수 없는 삶을 살았다. 그래서 안젤리나는 자신이 계속 영화배우로 남는다면 가정적인 삶은 꿈꿀 수도 없고, 결국 지아처럼 될 수도 있다는 생각에 몸서리를 쳤을 것이다. 안젤리나도 이 사실을 인정했다. "지아를 연기한 후 공적으로 알려진다는 게 두려웠어요. 지아의 개인적인 삶은 너무 메마른 삶이었어요. 거기다 지아는 제대로 먹지도 못했어요. 그런데 밖으로 드러난 지아의 삶은 대단히 화려하고 근사했잖아요. 일을 마치고 혼자 집에 돌아갈 때면 제가 올바른 인간관계를 가질 수 있을지, 결혼생활을 제대로 할 수 있을지, 아니면 좋은 엄마가 될 수 있을지, 아니면…… 여자로서 완전한 모습을 가질 수 있을지 생각해 봤어요. 그런데 아무것도 확신할 수 없었어요."

지아를 연기하면서 느낀 불안감은 또다시 안젤리나를 깊은 우울의 구렁텅이로 몰아넣었고, 모든 것을 끝내고 싶다는 유혹을 느끼게 했다. 하지만 〈지아〉로 여우주연상을 받고 최고임을 인정받자, 그녀는 영화 예술 부분에서 자신도 성공할 수 있다는 자신감과 확신을 얻을 수 있었다. 이는 당시 안젤리나에게 가장 필요한 것이었다. 그리고 우울증으로 인한 자살 충동도 저절로 극복되었다.

안젤리나 졸리, 세 가지 열정

"〈지아〉를 시청한 사람들이 긍정적인 반응을 보였을 때 갑자기 사람들이 저를 이해한 것 같은 느낌이었어요. 그때 저는 잇단 영화 실패로 제 삶이 완전히 무의미하게 느껴졌고, 어느 누구와도 의사소통을 할 수 없었고, 또 저를 이해하는 사람은 아무도 없다고 생각했었죠. 그런데 작품에 대한 좋은 반응이 나오자 제가 혼자가 아니라는 걸 깨달았어요. 덕분에 제 삶은 변화될 수 있었지요."

첫 번째 열정,
자신의 선택에 당당하라

'여배우'가 아닌 '배우'로서 성공하기 위해

"안젤리나가 아카데미 시상식에서 오스카를 손에 쥐게 된 이유에는
여러 가지가 있다. 우선 작품을 보는 안목이 있었다.
그리고 정신질환을 앓거나 사회와의 소통이 원만하지 못한 사람들에
대한 연민과 공감대가 없었다면
그렇게 훌륭한 연기를 펼치지 못했을 것이다."

안젤리나는 스크린에서 예쁘게 나오는 배역을 원하지 않았다. 1999년 아버지 존 보이트와 함께 출연한 한 인터뷰에서 안젤리나는 이렇게 말했다. "여배우가 영화에서 옷을 걸친 상태로 나오려면 엄청난 노력을 기울여야 하죠. 저는 주연 남자 배우의 예쁜 애인 역할은 맡고 싶지 않아요." 이 말은 여배우들이 성적인 대상 또는 섹시 코드로서만 영화에 이용된다는 뜻이다.

안젤리나는 여배우로서 섹시하게만 보이거나 나약해 보이는 이미지를 좋아하지 않았다. 그 대신 개성 강한 연기력과 강인한 열정을 가진 여자들을 연기하길 원했다.

그래서 선택한 영화들이 바로 〈본 콜렉터〉(1999)와 〈처음 만나는 자유〉이다. 이 영화들에서 안젤리나는 옷을 벗고 나오거나 주연 남자 배우의 애인 역할로 나오지 않았다. 그 대신 지적이고 냉철한 여형사 역할과 거칠지만 강한 성격의 정신질환자 역할을 맡게 되었다. 이 두 영화 때문에 그녀는 좀 더 확고히 연기파 배우라는 꼬리표를 달 수 있게 되었다.

첫 번째 열정,
자신의 선택에 당당하라

색다른 주제의 영화, 〈본 콜렉터〉

범죄 스릴러 영화인 〈본 콜렉터〉에서 안젤리나는 이전에 선택하던 영화와는 달리 마침내 '사랑', '연애' 이외의 주제에 초점이 맞춰진 역할을 맡게 되었다. 그렇다고 이 영화에서 사랑 이야기가 전혀 없는 건 아니었지만, 표면적으로 드러나거나 성적인 사랑 행위는 등장하지 않았다. 그 대신 약한 불에 은근히 끓이는 듯한 미묘한 감정들이 교차하였다. 안젤리나는 이 영화의 분위기에 매료되었고, 이를 악물고 연기할 결심을 했다.

이 영화에서 안젤리나는 신참 경찰 아멜리아 도니를 연기했다. 아멜리아는 본의 아니게 사지마비 환자가 된 강력계 형사 링컨 라임(덴젤 워싱턴 역)과 함께 살인사건을 맡게 된다. 덴젤 워싱턴이 연기한 인물은 침대에 누운 채 머리와 한 손가락만 움직일 수 있는 형사 링컨 역이었는데, 링컨은 범죄를 해결하기 위해 자신의 눈과 다리가 되어 줄 파트너로 아멜리아를 선택한다. 시간이 흐르면서 두 등장인물은 전문가로서 서로를 존중하게 되고 감정적으로도 깊은 유대감을 느끼며, 결국 범인도 잡게 된다.

안젤리나가 최선을 다해, 맡은 역할을 연구했다는 건 확실했다. 그녀는 경찰이라는 직업을 몸소 체험하기 위해 경찰서를 방문하기도 했고, 끔찍한 장면을 보는 데 익숙해지기 위해 시체 사진을 집에 걸어 놓기도 했다. 이런 방법들은 안젤리나가 끔찍하고 음산

한 장면을 연기하는 데 실제로 도움이 되었다고 한다. 하지만 〈지아〉 촬영 후 안젤리나가 심각한 우울증에 빠졌다는 걸 감안하면, 이번 역할도 밝고 긍정적인 캐릭터나 주제가 등장하는 것이 아니기에 그녀가 배역에 너무 몰입하는 것을 주위 사람들은 또다시 걱정하였다.

안젤리나의 다음 말은 스스로 자신을 걱정할 만큼 그녀가 배역에 몰입하는 열정이 대단하다는 것을 알 수 있게 한다. "저는 좀 긴장을 푸는 방법을 배워야 해요. 연기에 과도하게 몰입하는 것도 고쳐야 하고요. 또 삶을 즐기는 방법도 배워야겠죠. 저는 저녁에 외식을 하고 재미있게 놀면서 여행도 즐기는 그런 성격인데, 영화에서 맡은 인물의 삶을 대신 사는 데 너무 많은 시간을 할애하고 있어요. 제 개인적인 인생은 거의 보내지 못하고 있죠. 저를 위한 시간을 더 많이 마련해야겠어요."

〈본 콜렉터〉의 감독 필립 노이스는 영화에 몰입하는 안젤리나의 태도에 찬사를 보냈다. 다른 많은 영화감독들처럼 필립 노이스 감독 역시 〈지아〉를 보면서 안젤리나에게 무엇이든 할 수 있는 가능성을 보았다. 노이스 감독은 안젤리나를 다음과 같이 평가하였다. "〈본 콜렉터〉에 캐스팅할 아주 특별한 여배우를 찾던 중이었습니다. 20대 중반의 젊은 여성으로 뉴욕 경찰이라는 강한 역할을 소화할 인물이어야 했고 동시에 연약한 면도 드러나는 인물이어야 했습니다. 〈지아〉에서 안젤리나의 연기를 봤을 때 이 모든 자질을 겸비한 배우라고 확신했지요.”

〈처음 만나는 자유〉, 리사에게 빠져들다

작가 수잔나 케이슨(Susanna Kaysen)은 『처음 만나는 자유(Girl, Interrupted)』를 집필했을 때, 나중에 오스카를 수상할 영화로 만들어지리라고는 상상도 하지 못했다고 한다. 이 책은 1960년대 후반, 보스턴 맥린 정신병원에서 작가 본인이 겪은 이야기들을 배경으로 하고 있다. 그녀는 18살에서 20살까지 2년 동안 정신병원에 입원했었는데, 약물과용으로 자진해서 들어간 것이라고 한다.

병원에 있을 때 수잔나는 인격 장애의 경계선상에 있다는 진단을 받았다. 인격 장애는 감정과 인간관계, 자기 이미지, 정체성, 자아에 대한 개인적인 감각이 불안정하다는 특징을 보인다. 수잔나 케이슨은 자신을 인격 장애로 판단한 진단에 의문을 제기하면서, 방황하며 사춘기를 보내는 자기 또래의 다른 여자 아이들과 자신이 무엇이 그렇게 다른지 의아해했다. 그녀는 이런 불만들을 책 속에 등장하는 십대 후반의 소녀들을 통해 표현하고자 노력하였다.

자살이라는 생각이 낯설지 않은 안젤리나는 수잔나의 글을 읽자마자 공감대를 느낄 수밖에 없었다. 이 책을 끝까지 읽는 동안 유난히 안젤리나의 관심을 사로잡은 인물이 있었는데, 바로 수잔나와 같은 병동에 있던 '리사 로우'라는 환자였다. 리사가 안젤리나의 시선을 끈 이유는, 안젤리나가 '리사를 사랑했고 자신과 동일시했기' 때문이었다.

리사는 반사회인으로 진단받은 반항적인 인물이다. 안젤리나는 책을 읽을 때 마치 리사가 자신에게 이야기를 들려주는 것 같았다고 한다. 그래서 이 책이 영화화된다는 소식을 들었을 때 그녀는 제작자를 찾아가 리사 역할을 맡게 해달라고 애원하다시피 하였다.

위노나 라이더 역시 21살 때 수잔나 케이슨의 작품을 읽고 안젤리나와 비슷한 감동을 받았다고 한다. 1971년 미네소타에서 태어난 위노나 라이더도 안젤리나처럼 과거에 심리적인 문제를 겪은 적이 있었다. 〈헤더스〉(1989), 〈가위손〉(1990) 등의 영화를 통해 배우로서 명성을 얻었지만, 열아홉 살이라는 젊은 나이에 우울증, 불안발작, 극도의 피로 증세로 정신병원에 입원해서 치료를 받아야 했다.

수잔나 케이슨은 〈처음 만나는 자유〉에서 이해받지 못한다고 느끼는 젊은 여성의 좌절과 욕구불만에 대해 연구했는데, 위노나 라이더는 그런 감정을 제대로 알려야 한다고 생각했고, 이 책을 영화화하는 작업에 제작자와 배우의 입장에서 적극 추진하였다.

첫 번째 열정,
자신의 선택에 당당하라

안젤리나는 앞에서도 얘기했듯이 제임스 맨골드 감독을 찾아가 리사 역할을 맡게 해달라고 애원했는데, 나중에 밝혀진 바에 의하면 애원할 필요가 전혀 없었다. 안젤리나의 오디션을 본 제임스 맨골드 감독은 거칠고 솔직한 리사 역할에 완벽한 적임자를 찾았다고 생각했기 때문이다. 제임스 맨골드는 리사라는 인물을 '여장한 잭 니콜슨'이라고 표현했는데, 잭 니콜슨도 영화 〈뻐꾸기 둥지 위로 날아간 새〉(1977)에서 정신병원에 수감되는 역할을 맡았기 때문이다.

안젤리나의 오디션을 보고 감독은 이렇게 말했다. "자리에 앉은 안젤리나를 보니까 딱 리사더군요. 제가 운이 좋다는 생각이 들었습니다. 안젤리나의 '파워'는 화산 같았죠. 정말 대단하고, 자극적인 배우입니다."

안젤리나는 리사를 '너무 힘들게 살고, 너무 솔직하고 너무 굶주리고 너무 생명력이 넘치는' 사람이라고 표현했지만, 그녀는 리사의 그런 면을 부정적인 성격이라고 생각하지 않았다. 사실상, 그런 표현은 안젤리나가 자신을 묘사할 때 종종 사용하는 표현이었다. 안젤리나는 리사의 적대적인 성향에 대해 잘 알고 있었으며 위협적인 특성이 자신뿐만 아니라 주변 사람들에게도 파괴적인 영향을 미칠 수 있음을 잘 알고 있었다. 하지만 동시에 안젤리나는 리사가 대단히 긍정적인 에너지를 지닌 인물, 동정을 받을 만

안젤리나 졸리, 세 가지 열정

2000년, 아카데미 시상식에서 안젤리나는 〈처음 만나는 자유〉의 리사 역으로 '여우조연상' 오스카를 수상하였다.

한 가치가 있는 인물로 평가되어야 한다고 진심으로 믿었다.

안젤리나는 리사처럼 정신질환을 앓는 사람들에 대해 더 알고 싶어 서점을 찾은 적이 있었는데, 직원에게 '반사회인'에 관한 책을 찾아 달라고 부탁했다고 한다. 그때 서점 직원은 연쇄살인범 관련 서적 아래쪽을 찾아보라고 알려 주었다. 당시 〈본 콜렉터〉 촬영을 막 끝냈을 때여서 안젤리나는 이 말에 기분이 무척 상하였다. 성격이 '정상'의 범위에 들지 않는 사람과 살인자 사이에는 엄청난 차이가 있다는 걸 잘 알고 있었기 때문이다. 안젤리나는 리사라는 인물을 다음과 같이 평가하고 있었다.

"리사는 사악하고 폭력적인 여자가 아니에요. 단지 남다른 본능을 지녔을 뿐이죠. 그래서 리사도 자신은 아무 문제가 없다고 생각했어요. 물론 저도 제게 문제가 있다고 생각하지 않아요. 경우에 따라 화를 내거나 부정적인 성격이 드러나기도 하지만, 살아야겠다는 욕구에서 나온 당연한 감정이라고 생각해요. 그래서 저는 리사를 오히려 불쌍하게 생각해요. 그런데 다들 리사를 정신질환자, 거친 여자로 보고 있죠. 제 생각에 이 영화는 정신질환자에 대한 영화가 아니라, 삶을 연구하고 어떻게 즐겨야 할까에 관한 내용의 영화라 생각해요."

안젤리나는 이 영화를 '삶을 연구하고 어떻게 즐겨야 할까'에 관한 영화로 생각한다고 말했지만, 즐기기는커녕 너무 과도하게

안젤리나 졸리, 세 가지 열정

영화에 몰입해서 일한 탓에 영화가 끝난 후 몸무게가 극도로 줄어 끔찍할 정도로 말라 있었다. 리사라는 인물이 젓가락처럼 말라야 하는 건 아니었지만, 안젤리나는 영화 촬영으로 인한 신경과민 증상 때문에 몸무게가 줄었다고 설명했다. 신경과민이라면 안젤리나의 '전공'이었고 결국 이 때문에 몸이 혹사당했던 것이다.

이렇듯 리사라는 인물을 열렬하게 방어하고, 리사를 연기하기 위해 많은 시간과 노력을 투자했기 때문에, 영화의 마지막 장면을 본 안젤리나는 상당한 충격을 받았고 또 분노하였다. 제임스 맨골드가 리사의 나약한 면과 상처받기 쉬운 성격을 편집해 버려서 결과적으로 리사가 동정받을 만한 인물로 묘사되지 못했기 때문이다.

"영화의 마지막 부분을 보면 모두들 리사를 싫어해서 리사가 죽길 바란다는 생각이 들어요. 리사를 묶어 놓고 아무 말 없이 얌전히 있지 않을 거라면 차라리 죽으라고 말하는 것 같아요. 리사의 입장에서 느끼고 생각해 보세요. 이건 정말 너무 심하지 않아요? 리사는 사람을 해치거나, 거칠고 시끄럽게 굴어서 남을 못살게 굴거나, 남의 말을 가로막거나 하지 않았어요. 다른 사람과 다르다는 게 잘못이라고 생각되는 사회라면, 저같은 사람은 심각한 정신병자라고 할 수 있죠." 이 말을 통해 안젤리나에 대해 알 수 있는 것들이 있다. 그녀가 소외된 사람들을 바라보는 시선이 보통의 사람들보다 더 따뜻하다는 것과 그녀의 역할에 대한 애착이 굉장히 크다라는 것이 그것이다. 사람과 연기를 향한 열정은 마침내 그녀에게 오스카를 선물하게 된다.

드디어 오스카를 손에 쥐다

결말에 대한 불만에도 불구하고 〈처음 만나는 자유〉로 안젤리나는 아카데미와 골든 글로브 시상식, 미국 배우조합상에서 여우조연상을 수상하였다.

물론 위노나 라이더도 수잔나 역을 완벽하게 그려 낸 건 사실이지만, 사납고 활력 넘치는 안젤리나의 연기에 내성적인 수잔나 역할을 맡은 위노나의 연기는 완전히 압도당하고 말았다. 마치 먹잇감을 찾아 헤매는 짐승처럼 병실을 돌아다니는 안젤리나의 모습에 어느 누구도 시선을 떼기 힘들었을 것이다. 〈처음 만나는 자유〉에 대한 비평가들의 평가는 다양했지만 모두가 만장일치를 본 부분이 있었으니, 안젤리나의 연기만은 모두가 한목소리로 단연 압도적이었다고 평가했다.

안젤리나가 오스카를 손에 쥐게 된 이유에는 여러 가지가 있다. 우선 작품을 보는 안목을 가지고 있었다는 점이다. 또한 정신질환을 앓거나 사회와의 소통이 원만하지 못한 사람들에 대한 연민과 공감대가 없었다면 그렇게 훌륭

안젤리나 졸리, 세 가지 열정

한 연기를 펼치지 못했을 것이다. 또 하나의 이유로는 안젤리나가 자신의 외모가 아닌 자신이 가진 재능으로 연기에 대한 승부를 보려 했기 때문이다. 다른 여배우들과는 달리 오히려 예뻐 보이는 역할을 멀리하고, 자신의 연기에 대한 열정을 충분히 발휘할 수 있는 역할들을 선호한 결과, 영광의 오스카를 손에 쥘 수 있게 된 것이다.

안젤리나는 '여배우'가 아닌 '배우'로서 사람들에게 남길 원했다. 그러한 이유로 그녀는 더 좋은 연기를 펼칠 수 있었고, 아카데미 심사위원들은 그녀의 이런 면들을 간과하지 않았다. 2000년에 열린 제72회 아카데미 시상식의 여우조연상이 〈처음 만난 자유〉의 리사 역을 맡은 안젤리나에게 돌아간 것은 어쩌면 매우 당연한 일인지도 모른다.

첫 번째 열정,
자신의 선택에 당당하라

내 아이의 아버지를 찾아서

"호텔 방 바닥에서 자동차를 가지고 놀던 매덕스가
갑자기 브래드를 보고 '아빠'라고 하는 거예요.
저와 브래드는 그저 멍하니 서로를 쳐다보았죠.
매덕스가 우리들을 가족으로 묶어 준
굉장히 의미 있는 순간이었어요."

두 번이나 결혼에 실패한 안젤리나는 사랑에도 여러 종류가 있다는 것을 깨닫게 되었다. 남녀 간의 애정은 처음엔 목숨이라도 바칠 것처럼 대단한 열정으로 사람의 혼을 빼놓다가 언제 그랬냐는 듯 쉽게 식어 버리거나 쉽게 포기되고는 한다. 그런데 그렇지 않은 사랑이 있었다. 안젤리나는 아이들을 향한 부모의 무조건적인 사랑이 얼마나 큰 역할을 하고, 얼마나 중요한 것인지를 뼈저리게 배우게 되었다.

안젤리나에게 무조건적인 사랑의 대상은 바로 캄보디아에서 입양한 아들 매덕스였다. 안젤리나는 매덕스와 어떤 일이든 함께하리라 결심하였다. 이제 그녀에게 남녀 간의 사랑은 아들에 대한 사랑의 뒤편으로 물러난 감정에 불과했다.

세상의 많은 남자들에게는 안 된 일이지만, 안젤리나는 아들과의 관계가 순조롭게 진행되자 최소한 당분간은 독신으로 지내겠다고 선포했다. 빌리 밥과의 관계가 대단히 강렬했고 열정적이었지만 그 관계가 만들어 낸 신뢰는 쉽게 무너져 버렸다. 안젤리나는 더 이상 열렬한 감정과 본능을 신뢰하지 않았다.

또한 아들의 삶에 다른 누군가가 들어온다는 게 꺼려지기만 했다. 혹시 그 사람과 안젤리나가 헤어진 후에도 매덕스가 그 사람에게 계속 애착을 느낄 수도 있기 때문이었다. 안젤리나는 다음과 같이 우려를 표시했다. "만약 2년 동안 가족처럼 지내던 남자가 어느 날 갑자기 사라진다면 매덕스는 어떻게 생각하겠어요? 이제 아들이 생겼기 때문에 그런 진지한 관계를 맺을 때는 신중해야 해요. 매덕스에게 일시적으로 존재했다가 갑자기 없어져 버리는 아버지가 생기게 할 수는 없어요. 그래서 아주 조심하고 있어요. 제 삶에 남자가 들어오기까지 얼마나 기다려야 할지 지금은 잘 모르겠어요. 현재는 관망하며 기다릴 뿐이에요."

안젤리나는 자신에게 관심을 보이는 남자가 반드시 그녀의 아들 매덕스에게도 관심을 보이는 건 아니라고 생각했다. "저랑 사귄다는 이유만으로 매덕스에게 잘 대해 주는 남자는 신뢰할 수 없어요. 그런 사람은 아버지로 생각할 수도 없죠."

안젤리나도 자신을 사랑해 줄 애인이 그리웠을지 모른다. 하지만 그런 건 안젤리나에게 중요하지 않았다. 엄마를 향한 매덕스의 사랑만으로도 안젤리나의 마음이 차고도 넘쳤기 때문이다. "더 이상 마음에 슬픔을 담아 두지 않아요. 애인이 없다고 걱정하지도 않고, 사랑받지 못할까 봐 걱정하지도 않아요. 결혼을 해서 남편이 있거나 배가 아파서 자식을 낳아 봐야지만 진짜 어른이 될 수

안젤리나 졸리, 세 가지 열정

있는 것인지는 잘 모르겠어요.

매덕스는 엄마 옆에서 자는 게 행복했고 안정감을 느꼈다. 이는 안젤리나에게도 다행한 일이었다. "한밤중에 눈을 뜨면 제 얼굴 앞에 매덕스의 발이 놓여 있거나 제 입에 매덕스의 손가락이 들어와 있어요. 하지만 매덕스가 포근하게 잘 수만 있다면 그런 잠자리가 세상에서 가장 행복한 최고의 잠자리라고 생각해요." 수 년 동안 불면증으로 고생하던 안젤리나는 엄마라는 새로운 역할을 맡은 뒤 불면증에서 벗어났다고 한다. 이런 안젤리나의 모습을 보더라도 그녀의 삶이 얼마나 달라지고 있는지 알아챌 수 있었다.

 성인 남성의 영향을 받고 자라는 것이 매덕스에게 유익하다고 믿은 것이다. 안젤리나는 그런 대상으로 오빠 제임스에게 도움을 요청하고 의지하였다. 또 매덕스의 고향인 캄보디아에서 함께 시간을 보내며 그곳의 사람들과도 친숙하게 지낼 수 있도록 배려하였다.

파티광은 아버지 자격이 없어

얼마 안 있어 안젤리나가 콜린 파렐과 연인이라는 소문이 난무하였다. 영화 〈알렉산더〉에서 만난 둘은 '단순히 좋은 친구'라고 주장했지만, 2003년 후반에 런던의 술집과 호텔 근처에서 두 사람이 친밀한 포즈를 취하는 모습이 수차례 목격되었다. 같은 해 12월에 콜린 파렐은 안젤리나, 매덕스와 함께 이집트 피라미드로 성탄절 여행을 떠나기도 했다. 성탄절 전날, 둘은 서로 다른 비행기를 타고 카이로에 도착했고, 가명으로 호텔에 숙박했다. 하지만 파파라치들은 두 사람이 다정하게 포옹한 모습과 함께 낙타를 타는 모습을 사진 찍어 언론에 공개했고, 이로 인해 둘은 대단히 가까운 사이임이 확인되었다.

하지만 안젤리나는 콜린 파렐과 공식적인 연인 관계로 들어서는 것을 망설였다. 콜린은 '파티광'이었고, 불안정한 생활을 하였다. 안젤리나는 아들 매덕스를 위해 콜린보다 더 헌신적이고 안정적인 상대를 원했다. 자유분방하고 거칠게 생활하는 콜린 파렐은 사실상 이상적인 아버지 감으로 적합하지 않았다. 실제로 안젤리나는 콜린 파렐이 술을 마시며 다른 여자들과 재미있게 노는 모습을 신문에서 본 뒤 콜린과의 관계를 정리했다.

콜린이 장기적인 안목에서 진지한 연인 상대로 적당하지 않은 건 사실이었지만, 그렇다고 안젤리나가 콜린 파렐을 좋아하지 않은 건 아니었다. 빌리 밥과 안젤리나처럼 둘 사이에는 비슷한 점이 많았다. 두 사람 모두 자유로운 영혼과 정신을 갖고 있었고, 우울한 어린 시절을 보냈다. 하지만 안젤리나는 그런 점들 때문에 사람을 사귄다는 것이 얼마나 위험에 빠지기 쉬운 짓인지 깨닫고 있었다. 빌리 밥 때도 그랬기 때문이다. 안젤리나에겐 매덕스 때문이라도 제대로 된 남자가 필요했다.

브래드 피트와의 운명적인 만남

1998년 주위의 소개로 만나 연인이 된 이후, 브래드 피트와 제니퍼 애니스톤은 자타가 공인하는 할리우드 최고의 커플이었다. 전세계적으로 사랑받은 시트콤 〈프렌즈〉에서 레이첼 그린 역을 맡아 연기했던 제니퍼 애니스톤은 미국에서 가장 사랑받는 여배우이기도 했다. 그래서 제니퍼가 자신만큼이나 유명하고 성공한 미남 배우 브래트 피트와 연인이 되었을 때 전세계의 언론은 흥분을 감추지 못했다. 브래드 피트와 제니퍼 애니스톤은 할리우드의 정상급 스타였고 할리우드에서 가장 인정받는 부유하고 재능 있는 배우였다. 모두의 눈에 두 사람은 더 없이 완벽하게 어울리는 한 쌍이었고, 두 사람이 연인임을 밝힌 이후 전세계의 팬들은 두 사람의 행복을 진심으로 기원했다.

안젤리나 졸리는 이 둘 사이를 떼어 놓고 싶지 않았다. 그럴 마

첫 번째 열정,
자신의 선택에 당당하라

음은 애초에 없었지만 브래드 피트와의 운명적인 만남은 이 부부
의 관계가 흔들리고 있을 때부터 이미 시작되었다고 할 수 있다.
안젤리나는 둘 사이를 갈라놓고 브래드 피트를 빼앗은 '나쁜 여
자'로 사람들에게 비쳐졌지만 둘의 만남은 어쩔 수 없는 일이었
다. 브래드 피트는 안젤리나의 인도주의적 봉사에 흠뻑 빠져 그녀
를 존경하고 있었고, 그녀가 입양한 아이들을 진심으로 사랑하였
다. 안젤리나는 그런 브래드 피트의 애정과 건전하고 안정적인 생
활에 이끌려 자신의 아이들의 아버지가 될 자격이 그에게 있다고
생각했다.

하지만 그렇다고 해서 안젤리나가 억지로 브래드 피트와 제니
퍼 애니스톤을 떼어 놓은 것은 아니었다. 안젤리나는 그 어떤 때
보다 브래드 피트를 향한 자신의 애정이 진지한 것인지 깊게 고민
했으며, 언론을 대하는 태도도 전에 없이 신중하였다.

그 둘 사이엔 입양한 아이들을 사이에 둔 진정한 가족적 유대감
이 흘렀는데, 브래드와 제니퍼 사이엔 그런 유대감이 존재하지 않
았다. 결국 그 둘은 파경에 이르렀고, 안젤리나는 조심스럽게 브
래드를 매덕스와 자하라의 아버지로 결정하였다.

모두가 인정하는 연인이 되기까지

어딘가 왠지 특이하고 위협적인 느낌의 안젤리나 졸리와는 달

안젤리나 졸리, 세 가지 열정

리, 제니퍼 애니스톤은 가까이하기 쉬운 옆집 아가씨 같은 스타일이었고, 언제든 집에 초대해서 차를 함께 마시며 잡담을 나누고 싶은 그런 여성이었다.

〈프렌즈〉에서 제니퍼가 맡은 역할인 레이첼은 재미있고 사랑스럽고 소심한 쇼핑 중독자였다. 〈프렌즈〉가 무려 10년이나 장기 방송된 프로그램이었기 때문에 시청자들은 제니퍼와 극 중 배역을 동일시하는 경우도 있었다.

브래드는 2001년, 〈프렌즈〉의 추수감사절 방영분에 초대 손님으로 출연하기도 했다. 브래드가 출연한 영화가 워낙 많다 보니 시사회 때마다 제니퍼가 브래드와 함께 레드 카펫을 밟지 못할 때가 많았다. 하지만 그래도 브래드는 제니퍼가 수상하는 시상식이면 함께 참가해서 아내를 호위해 주었고 축하해 주었다. 제니퍼는 〈프렌즈〉의 레이첼 역할로 2002년에 에미 상을, 2003년에는 골든 글로브를 수상했다. 골든 글로브 수상 소감을 발표할 때 제니퍼는 남편의 이름을 깜빡 잊고 말하지 않았다. 그래도 브래드는 아내의 성공을 누구보다 더 자랑스럽게 생각했다.

브래드 피트는 왕성하게 영화에 출연하며 활동했기 때문에 아름다운 여배우들과 함께 일할 기회가 많았지만, 제니퍼는 브래드와 함께 출연한 여자 배우들에게서 위협을 느낀 적은 한 번도 없었다. 제니퍼는 이에 관해 이렇게 말했다. "지금보다 더 어렸을 때는 질투라는 감정을 느끼기도 했지만, 지금은 그렇지 않아요. 브래드는 상대가 아름답다고 마음이 흔들리는 그런 사람이 아니에요. 모델이 아닌 저로서는 다행한 일이죠.”

아이러니하게도 제니퍼는 남편과의 부부 관계가 절대적으로 안전하다고 확신했기 때문에, 〈미스터 앤 미세스 스미스〉 촬영이 들어가기 전 안젤리나 졸리를 만났을 때 이렇게 말했다. “브래드는 당신과 일하게 되어 대단히 기뻐하고 있어요. 두 사람 모두 즐거운 시간이 되길 원해요.” 제니퍼는 이때까지만 해도 두 사람의 결혼이 파탄 날 줄은 꿈에도 몰랐던 것이다.

언론은 두 사람의 결혼 생활이 대단히 안정적이라고 생각했기 때문에 그들의 자녀 계획과 출산 시기에도 굉장한 관심을 보였다. 2001년, 두 사람이 결혼한 지 1년이 지났을 때 브래드는 아기를 낳고 싶다고 공개적으로 밝혔다. “저는 결혼과 가정의 일반적인 개념을 따르고 싶습니다. 저는 때가 되면 꼭 아이를 낳아 가족을 이뤄 보고 싶어요.”

제니퍼 역시 아기 문제에 긍정적인 반응을 보였지만 매년 〈프렌즈〉 새 시리즈를 계약했고, 아기를 낳자는 계획은 계속 연기되었다. 그래서 2004년 〈프렌즈〉가 종영되었을 때 대부분의 사람들은 브래드와 제니퍼가 아기를 낳으리라 추측했다.

그러나 이때 즈음, 부부 사이에 틈이 갈라지기 시작했고 일련의

안젤리나 졸리, 세 가지 열정

인터뷰에서 두 사람은 서로에 대한 애정을 별로 드러내지 않았다. 2004년 초기, 브래드 피트는 이런 말을 했다. "세상만사가 겉보기와는 다르지요. 안 그런가요? 저는 동화에나 나오는 사랑의 개념은 좋아하지 않습니다. 어느 누구도 그런 걸 믿으며 살 수는 없어요. 결혼은 쉽지 않고 오히려 힘든 생활입니다. 어떤 사람과 영원히 함께해야 한다는 건 심리적으로 대단한 부담입니다."

브래드 피트가 〈미스터 앤 미세스 스미스〉를 촬영하며 안젤리나와 친하게 된 직후 이런 발언을 했다는 건 우연이 아니다. 브래드는 개인적으로 안젤리나에게 이 영화에 함께 출연하자고 설득했었다. 그리고 안젤리나와 친해진 이후 자신의 결혼 생활에 회의감이 들었다는 것은 명백한 사실이다.

할리우드 연애사에 대한 소문이 보통 그렇듯이, 두 사람의 관계에 대한 추측이 조금씩 번지기 시작하더니 이내 안젤리나와 브래드는 단순히 좋은 친구 이상의 사이라는 소문이 무서운 속도로 퍼져 나갔다. 촬영장 내부 직원들의 말에 의하면, 브래드는 안젤리나에게만 관심을 보인 게 아니라 매덕스에게도 대단히 관심을 보이며 잘 대해 주었다고 한다.

안젤리나는 남녀 관계에 있어서 저돌적이고 망설임이 없는 사람이었지만, 당시 브래드가 유부남이었기 때문에 그녀도 그에 대한 감정을 솔직히 드러내기가 힘들었다. 자신의 부모님도 아버지

첫 번째 열정,
자신의 선택에 당당하라

의 부정으로 이혼했기 때문에, 안젤리나는 유부남과의 관계는 피하겠다는 생각만큼은 변함이 없었다. "제 아버지가 어머니 외의 다른 여자를 만났다는 걸 생각하면, 제가 유부남과 어울린다는 건 상상할 수도 없어요. 만약 제가 그런다면 아침에 거울로 제 얼굴을 볼 수도 없을 거예요. 남의 결혼을 파탄 내는 건 옳지 않으니까요."

그렇기 때문에 안젤리나는 브래드와 제니퍼의 사이를 갈라놓은 결혼 파탄자라는 비난에 더욱 화가 났다고 한다. 그 동안 자신이 언론에 너무 솔직하게 사생활을 공개했던 것이 안 좋은 이미지를 형성한 것이다. 안젤리나에겐 결국 '나쁜 여자'라는 딱지가 붙어버렸다. 제니퍼 애니스톤에게 '좋은 여자'라는 딱지가 붙은 것과는 대조되는데, 하여튼 안젤리나는 '나쁜 여자'로 낙인찍힌 대가를 치러야 했다.

안젤리나는 자신을 이렇게 변호했다. "연예계에서는 재미있는 사람, 착한 여자, 나쁜 여자, 가정주부 등으로 사람을 분류하죠. 그래서 그런지 대부분의 사람들은 섹시하고 거칠고, 약간은 위험해 보이는 사람 그리고 어쩌면 다소 어리석어 보이는 사람은 사랑스러운 엄마나 양심적이고 동정심이 많은 사람이 될 수 없다고 생각해요."

결국 브래드와 제니퍼는 2005년 1월 이혼 발표를 하기에 이른

안젤리나 졸리, 세 가지 열정

다. 유명 연예인 부부의 이혼 중에서도 브래드와 제니퍼의 이혼은 가장 충격적인 이혼 사건이었다. 이러한 상황에서 안젤리나의 '연예계 사람 분류'에 관한 발언은 한 남자를 놓고 정반대 이미지의 두 여자가 치열하게 쟁탈전을 벌인다는 무수한 언론 보도에 대해서 반박하고자 대답한 말이었다.

심지어 미국 전역의 상점에서는 '제니퍼 애니스톤 팀'과 '안젤리나 졸리 팀'이라고 쓰인 티셔츠를 판매하기도 했다. 대중들은 자신이 응원하는 배우, 동정심이 느껴지는 배우의 이름이 쓰인 티셔츠를 사서 입었는데, 당연히 애니스톤 팀 셔츠가 졸리 팀 셔츠에 비해 25대 1이라는 큰 격차로 판매되었다.

브래드가 제니퍼와 이혼하기 전에도 이미 두 사람은 연인 사이였다는 세간의 소문에도 불구하고, 안젤리나는 영화 촬영이 끝난 후에나 두 사람이 연인으로 발전할 수 있었다고 강력하게 주장했다. "영화 촬영이 다 끝난 후에야 우리 두 사람은 이전의 우정 이상으로 관계가 발전될 수 있다고 깨달았어요. 그리고 만약 그렇게 될 경우, 진지하게 고려해야 할 엄청난 문제들이 아주 많다는 현실도 잘 알고 있었죠. 저희들은 오랫동안 생각하고 숙고하면서 서로가 삶에서 무엇을 원하는지 많은 대화를 나누었고, 마침내 우리가 원하는 게 굉장히 비슷하다는 걸 깨달았어요. 그런 후에도 계속 오랫동안 생각할 시간을 가졌어요. 그러다

영화를 촬영하지 않는 시간에 연인 브래드와 입양한 자녀 매덕스, 자하라를 데리고 즐거운
시간을 보내고 있는 안젤리나의 모습.

서로 함께하는 일이 많아지고 같이하고 싶은 일도 생겼죠. 그렇게 지내다 보니 연인으로 발전된 거예요.”

이런 인터뷰 내용을 보더라도 안젤리나에게 있어서 브래드를 연인으로 공식 인정하는 과정은 힘겨운 기다림의 연속이었을 것이다.

브래드를 아이들의 아버지로 선택하다

에티오피아에서 자하라를 입양한 지 6개월 후, 브래드는 입양을 이해할 뿐만 아니라 아이들을 사랑으로 양육하는 남자라는 사실을 확실하게 증명해 보였다.

2005녀 12월, 브래드는 캘리포니아 판사의 승인 하에 매덕스와 자하라를 입양할 수 있게 되었다. 이제 아이들의 성은 법적으로 ‘졸리’에서 ‘졸리-피트’로 변경되었다. 하지만 안젤리나의 말에 의하면, 법적인 양아버지가 되기 훨씬 전부터 매덕스는 브래드를 아버지로 믿고 따랐다고 했다.

안젤리나는 《보그》와의 인터뷰에서 이렇게 말했다. “매덕스가 언제부터인가 브래드를 대뜸 아빠라고 불렀는데 그땐 정말 놀랐어요. 호텔 방바닥에서 자동차를 가지고 놀던 매덕스가 갑자기 브래드를 보고 ‘아빠’라고 하는 거예요. 저와 브래드는 그저 멍하니 서로를 쳐다보았죠. 매덕스가 우리들을 가족으로 묶어 준 굉장히 의미 있는 순간이었어요."

브래드는 당시 두 편의 영화를 촬영하는 바쁜 일정 중에도 안젤리나의 옆자리를 굳게 지켜 주었다. 그때 그는 영화 〈바벨〉과 〈비겁한 로버트 포드의 제시 제임스 암살〉 두 편을 촬영 중이었는데, 틈이 날 때마다 한 손에는 매덕스를, 다른 손에는 자하라를 안고 있는 헌신적인 아버지의 모습을 보여 주었다. 혹시 브래드가 실질적으로는 양육에 참가하지 않는다고 의심하는 사람이 있다면, 청바지 주머니에 젖병을 꽂은 채 품에 자하라를 안고 있는 브래드의 사진을 보면 생각이 달라질 것이다. 감동적인 그 사진은 브래드가 자녀를 삶의 최우선 순위에 두고 있음을 세상에 증명한 사진이었다.

안젤리나 졸리, 세 가지 열정

결혼하지 않아도 가족은 아름답다

> 우리는 현재 아이들에게만 집중하고 있고,
> 부모로서 어떻게 하면 아이들을 더욱 잘 돌볼 수 있는지에 대해서만
> 최대한 모든 노력을 다할 거예요.
> 그보다 결혼식이라는 행사를
> 더 중요하게 여긴다는 건 말도 안 돼요.

자하라를 입양한 직후, 안젤리나는 촬영장으로 돌아와야 했다. 이번에 안젤리나가 선택한 영화는 〈굿 세퍼드〉였다. CIA 탄생 스토리인 이 영화는 로버트 드니로가 감독하고 직접 출연한 영화였다. 맷 데이먼 등이 함께 출연한 이 영화는 도미니카 공화국에서 촬영되었다. 촬영 당시 안젤리나가 임신했다는 소문이 퍼지기 시작했는데, 안 그래도 두 사람이 함께 지내기 시작한 이후, 언론에서는 언제쯤 두 사람이 아기를 가질 것인지에 대해 굉장히 궁금해했다. 그러던 차에 안젤리나가 헐렁한 옷을 입은 모습이 파파라치에 의해 포착되자, 임신 의혹이 더욱 커졌다.

결혼 없이 한 안젤리나의 첫 임신

도미니카 공화국의 산타 도밍고에서 열린 자선행사에서 안젤리나는 소문의 진상을 직접 밝혔다. "예, 제가 임신한 것 맞아요." 다시 한 번 두 사람의 사진은 세간에 많은 이야깃거리와 소문을 퍼트렸다. 2006년 1월 말 아이티 여행 중에 안젤리나와 브래드는 몸에 딱 붙는 티셔츠와 청바지를 입고 사진기 앞에서 포즈를 취했는데, 안젤리나는 볼록 튀어나온 배를 자신 있게 세상에 공개했다.

안젤리나 졸리, 세 가지 열정

이번 여행의 목적은 아이티 태생의 힙합 가수 와이클리프 진의 자선 재단이 후원하는 학교를 방문하기 위해서였다. 이 학교의 첫 번째 개교기념일에 참석한 안젤리나는 《피플》에 임신한 자신의 사진을 처음 공개하는 대가로 50만 달러를 받기로 계약했다. 그리고 이 돈을 자선 단체에 그대로 기부했다.

사진 몇 장에 50만 달러라면 터무니없는 금액으로 보이지만, 《피플》 입장에서 임신한 안젤리나의 사진은 그 이상의 가치가 있었다. 서로의 눈을 마주 보는 안젤리나와 브래드의 사진은 축복받은 연인의 모습이었고, 이는 세상이 오랫동안 기다려 온 바로 그 사진이었다. 안젤리나는 자신이 사진 몇 장에 과도한 금액을 요구했다는 걸 잘 알고 있었다. 하지만 자신의 인기와 영향력을 이용해서 진심으로 걱정하는 세계의 문제와 사건들을 세상에 알릴 수 있다면 그 정도는 괜찮다고 생각했다.

안젤리나는 전부터 동시에 여러 가지 일을 병행해 왔다. 하지만 이번에는 새 아기를 입양하고, 영화를 촬영하고, 임신까지 한데다 자선 행사 참석까지 병행했기 때문에 누가 봐도 그녀가 무리하고 있다고 생각하지 않을 수 없었다. 브래드도 안젤리나가 〈굿 셰퍼드〉를 촬영하는 동안 그녀의 건강을 늘 걱정하였다. 의사들 역시 임신이 위험해질 수도 있다며 경고했다.

사실 당시 안젤리나는 배 부분을 제외한 신체 모든 부위가 뼈만

첫 번째 열정,
자신의 선택에 당당하라

남았다고 할 만큼 말랐기 때문에 의사들은 무리한 일정을 줄이라고 권고했다. 임신 사실을 알기 전에 안젤리나가 계약한 일은 〈굿 셰퍼드〉 한 편이어서, 영화 촬영이 끝난 후 그녀는 휴식을 취하면서 첫 번째 출산을 준비할 수 있었다.

안젤리나는 전에 아이를 낳지 않고 입양만 하겠다는 뜻을 분명히 밝힌 적이 있었다. 그래서 NBC의 〈투데이〉 프로그램 진행자인 앤 커리는, 마음이 바뀌어 임신을 하게 된 이유를 물었는데, 안젤리나는 아직도 자신이 임신했다는 사실을 믿을 수 없다며 다음과 같이 대답했다.

"저는 아직도 제가 아이를 낳는다는 걸 부인하고 싶어요. '도저히 못 믿겠어.'라고 말하고 싶은 심정이에요. 제가 입양만 하겠다는 결심을 바꾼 적은 없었거든요. 또 입양에 대해 마음에 거리끼는 것도 없고요. 저희는 입양을 계속할 거예요. 지금은 제가 임신을 했지만요. 아시겠지만 저와 브래드는 아이들을 좋아해요. 그리고 다행히 아이들에게 필요한 것을 제공해 주며 양육할 수 있는 물질적인 능력도 되고요. 그래서 임신을 하고 내 아이를 낳는다고 해도 입양을 중단할 계획은 없어요. 앞으로 지속적으로 많은 아이들을 입양하자고 브래드와도 서로 이야기해 놓았어요."

안젤리나 졸리, 세 가지 열정

나미비아에서의 출산

아프리카 나미비아에서 출산하겠다는 안젤리나의 결심은 결코 평범하지 않았지만, 전부터 아프리카와 아프리카 국민에 대한 애정이 각별했다는 사실을 생각할 때 크게 놀랄 만한 사건은 아니었다. 그래서 출산 예정일 두 달 전, 안젤리나와 브래드는 매덕스와 자하라를 데리고 나미비아에 숙소를 정했다.

할리우드 여배우들에게 한 번도 가본 적이 없고 미국보다 의료 환경이 열악한 아프리카에서 출산하라면 다들 기겁을 하겠지만, 안젤리나는 자신과 브래드를 둘러싼 과도한 미국 언론의 관심을 피하고 싶었다. 그래서 조용히 평화롭게 출산할 수 있는 곳으로는 아프리카가 가장 적당하다고 생각했다. 물론 미국에서 출산하면 최첨단 의료 서비스를 받을 수 있다는 건 확실했지만, 나미비아 의사들이 나미비아 국민들의 질병을 책임질 수 있다면, 자신의 출산도 책임질 수 있다고 믿었다.

처음에는 브래드도 나미비아 출산을 반대했다고 한다. 만약 합병증이나 그 외 출산 중 고도의 의료 기술을 요하는 사건이 발생할 경우, 안젤리나가 필요한 조치를 받지 못할까 봐 걱정이 되었기 때문이다. 하지만 그녀는 이미 굳은 결심을 한 뒤였다.

안젤리나는 나미비아 정부의 도움으로 사생활을 철저히 보호받으면서 편안한 마음으로 출산 준비를 할 수 있었다. 원래는 나미

첫 번째 열정,
자신의 선택에 당당하라

비아의 휴양지에서 자연 분만을 시도할 계획이었지만, 태아의 위치가 거꾸로 되어 있어서 안젤리나는 긴급 제왕절개 시술을 받아야 했다. 제왕절개는 순조롭게 진행되어 2006년 5월 27일, 안젤리나는 딸을 출산했다. 눈처럼 하얀 피부를 가진 그 아이가 바로 샤일로 누벨 졸리-피트이다. LA에서 비행기를 타고 나미비아로 와 수술을 집도한 담당 산부인과 전문의는 다음과 같은 성명서를 발표했다.

"안젤리나는 '역위'로 인해 예정대로 제왕절개 시술을 받았습니다. 아기는 7파운드로 건강하게 태어났고요. 브래드는 제왕절개 동안 내내 수술실에 안젤리나와 함께 있었고 딸의 탯줄을 직접 잘랐습니다. 수술과 출산 모두 안전하게 진행되었습니다."

사람들은 샤일로 누벨이라는 이름의 의미를 궁금해했다. 일반적인 할리우드 스타들과는 항상 다른 면모를 보였지만, 특이한 이름을 짓는다는 점에 있어서만은 안젤리나와 브래드도 여느 할리우드 스타들 못지않았고, 모두의 기대에 부응하는 독특한 의미의 이름을 지었다. 안젤리나와 브래드는 새것과 오래된 것의 의미를 결합시켜 샤일로 누벨이라는 이름을 탄생시켰다. '샤일로'는 히브리어에 어원을 두고 있는데, 뜻은 '평화로운 존재' 또는 '전능자의 선물'이라는 뜻이고, '누벨'의 의미는 프랑스어로 '새롭다.'는 뜻이다. 안젤리나 본인도 중간 이름에 '졸리'라는 프랑스어가 들

안젤리나 졸리, 세 가지 열정

어가는데, 아마도 가족의 전통처럼 딸의 이름도 중간 이름에 프랑스어를 넣고 싶었는지도 모르겠다.

사생활을 지키기 위해 아프리카로 건너가 출산할 정도였으나 출산의 기쁨에 대해서는 대부분의 부모들처럼 브래드와 안젤리나 역시 행복에 겨워 도저히 입을 다물 수가 없었다. 안젤리나는 출산 후 이렇게 말했다. "저희에게 생긴 사건 중 가장 놀랍고 가슴 벅찬 사건이에요." 브래드 역시 출산의 감격을 주체하지 못하는 듯했다. "우리 딸 샤일로가 태어난 순간은 정말 대단히 아름답고 감동적인 순간이었어요. 안젤리나는 정말 대단해요. 저는 정말 복 받은 사람입니다. 가장 아름답고 귀한 딸이 생겼으니까요."

친자식이든 입양 자식이든

매덕스도 동생을 보고 "예쁘다."라고 탄성을 질렀다고 한다. 물론 자하라는 당시 18개월이었기 때문에 새로운 가족 구성원이 생겼다는 사실에 무감각했지만 말이다. 안젤리나는 이렇게 말했다. "동생이 같은 여자라서 자하라는 좀 질투심이 생긴 것 같았어요. 하지만 매덕스는 동생을 좋아했죠. 자기가 안아 주고 돌봐 줄 애완동물이 생긴 것처럼 말이에요. 저는 입양한 아이들을 지켜 줄 마음의 준비를 다졌어요. 샤일로가 친딸이라서 남다른 대우를 받을 수도 있기 때문에 매덕스와 자하라에게 더 많은 사랑과 관심을 쏟아 줘야겠다고 생각했죠."

실제로, 출산한 지 6개월 후에 가진 방송 인터뷰에서 안젤리나는 친딸 샤일로에 대한 감정보다 입양한 아이들에 대한 감정이 더 애틋하다고 말했다. 이 발언으로 상당한 논쟁이 일기도 했다. 또 안젤리나는 《엘르》와의 인터뷰에서 이렇게 말하기도 했다.

"친자식과 입양 자식에 대해 많은 사람들이 다른 의견을 갖고 있어요. 그리고 어떤 차이가 있을지 궁금해하지요. 사실 저는 매덕스와 자하라에 대한 애정이 아직까진 더 깊어요. 왜냐하면 그 아이들은 모진 환경 속에서 살아남았기 때문이지요. 샤일로는 태어난 순간부터 대단한 특혜를 누리고 있어요. 그래서 샤일로를 더 사랑해야겠다는 마음은 들지 않아요. 매덕스와 자하라가 생후 6개월일 때 저와 만났는데, 이제는 둘 다 새로운 인간으로 다시 태어났어요. 물론 샤일로를 돌보는 것을 게을리 하겠다는 건 절대 아니지요. 단지 다른 입양 아이들이 더 상처받기 쉬운 위치에 있다는 사실을 잊지 않겠다는 것뿐입니다."

두 달간의 일정을 마치고 나미비아를 떠나면서 브래드와 안젤리나는 자신이 입원했던 산부인과 병동에 30만 달러를 기부했다.

안젤리나와 브래드는 연인이 된 이후 많은 일을 겪었지만, 출산이라는 중대한 사건은 브래드의 삶에서 더 없는 행복을 안겨 주었다. 그는 18개월 만에 운 나쁜 이혼남에서 사랑이 넘치는 헌신적인 세 아이의 아버지로 변신했다.

안젤리나와의 만남이 그에게 일생일대 최고의 사건이라는 건 확실했다. 브래드 피트는 다음과 같이 자신의 기쁨을 공개했다. "요즘이 제 전성기입니다. 아이들을 키우면 내 자신을 돌볼 겨를이 없게 되는데, 그 사실을 매우 감사하게 생각해요. 나 이외의 누군가를 돌보는 행위는 숭고하기 때문이지요. 친자식이든 입양한 자식이든 모두 사랑하는 제 가족입니다. 이제 저 자신만 생각한다는 것은 생각할 수가 없어요. 이건 진정한 기쁨이고 심오한 사랑이에요……. 아버지가 된다는 건 살면서 제가 맡은 역할 중 가장 중요하고 감격스러운 역할입니다."

결혼은 형식에 불과하다

샤일로 출산 후 모두들 브래드와 안젤리나가 다음 단계로 관계를 진전시켜 결혼을 선택할 것인지, 한다면 언제 할 것인지를 궁금해했다. 하지만 정작 본인들은 그런 단계로 들어설 의사가 없는 듯 보였다. 그 이유에 대해 몇 가지 추론이 제시되었는데, 그중 한 가지는, 브래드는 결혼을 원하지만 두 번의 실패 경험이 있는 안젤리나가 망설인다는 것이었다.

하지만 브래드의 할머니의 말에 의하면, 결혼을 미루는 건 바로 브래드라고 했다. 브래드가 제니퍼와의 결혼 실패로 인한 죄책감에서 아직 완전히 벗어나지 못했다는 것이다. "브래드는 제니퍼와 결혼식 때 영원히 함께하겠다고 서약을 했어요. 하지만 그 서약을 지키지 못했지요. 브래드는 책임감이 강한 사람이라 약속을 지킬 수 있다는 확신이 설 때까지 기다리는 걸 거예요." 브래드의 할머니가 말했다.

안젤리나는 이러한 언론 보도에 그다지 실망하지 않는 것처럼 보였다. "방송에 보도된 내용은 신경 쓰지 않아요. 우리가 결혼하는 일은 없을 거예요. 우리는 현재 아이들에게만 집중하고 있고, 부모로서 어떻게 하면 아이들을 더욱 잘 돌볼 수 있는지에 대해서만 최대한 모든 노력을 다할 거예요. 그보다 결혼식이라는 형식을 더 중요하게 여긴다는 건 말도 안 돼요. 우리는 둘 다 법적으로 아이들을 책임지고 있지만 서로에게는 법적인 책임이 없답니다. 그게 가장 중요하다고 생각해요."

하지만 브래드의 할머니의 발언과는 달리, 자신보다 브래드가 결혼을 더 원하는 건 사실이라고 말했다. "나중에 아이들이 성장해서 부모의 결혼식을 원한다면, 그땐 해야겠죠."

브래드 본인은 결혼 문제에 관해 거의 언급을 하지 않았는데, 동성애자 결혼이 미국에서 법적으로 허용된다면 안젤리나와의 결혼을 고려하겠다는 말을 한 적은 있었다. "미국에서 결혼하기 원하는 모든 사람이 법적으로 결혼할 수 있게 되면, 안젤리

안젤리나 졸리, 세 가지 열정

당사자들은 결혼에 대해 이렇게 회의적인 반응을 보였지만, 안젤리나의 인생에 굉장히 중대한 사건이 발생했다. 결혼에 대한 안젤리나의 생각 자체를 변화시킬 수도 있는 그 사건은 바로 안젤리나가 너무나 사랑했던 어머니가 세상을 떠난 것이다. 7년 동안 난소암으로 투병하던 마셀린 버트란드는 2007년 1월 27일 마침내 힘겨운 싸움을 끝내고 56세의 나이로 세상을 떠났다. 안젤리나는 브래드와 함께 어머니의 임종을 지켰다. 워낙 장기간 투병해 왔기 때문에 사실 안젤리나는 어머니의 죽음을 준비하고 있었다. 하지만 인생에서 가장 사랑하는 어머니를 잃었다는 사실은 그녀에게 크나큰 슬픔을 안겨 주었다. 안젤리나는 오빠 제임스 헤이븐과 함께 성명서를 발표하며 이렇게 말했다. "굉장한 여성이요, 사랑하는 어머니였다는 건 말할 필요도 없습니다. 어머니는 저희 남매에게 가장 좋은 친구였습니다."

2006년 인터뷰에서 안젤리나는 어머니에 대해 찬사를 아끼지 않았다. "저희 남매를 키워 주신 분이에요. 우리가 잘 성장할 수 있도록 도와주셨죠. 우리는 어머니의 인생이었고, 그래서 우리는 어머니가 여생을 만족하게 사실 수 있게 도와야 해요."

보도된 기사에 의하면, 안젤리나의 어머니가 임종 전 딸에게 "그 사람과 결혼해라. 그는 널 돌보도록 하늘에서 보낸 천사야."

라는 말을 남겼다고 한다. 어머니의 유언이 안젤리나에게 상당한 영향력을 미치리라는 건 당연한 일이다. 또 브래드에게는 안젤리나와 아이들을 잘 부탁한다고 말했다고 한다.

어머니의 사망으로 인해, 안젤리나는 브래드와 결혼해서 안정적인 삶을 추구할 수도 있고, 사랑하는 남자라 해도 절대 정식 결혼은 하지 않겠다는 이전의 결심을 고수할 수도 있다. 어느 쪽이든 두 사람의 관계는 계속될 것이고, 결혼을 하든 안 하든 간에 가족을 이루는 데 있어서 결혼이란 형식이 꼭 필요하지 않다는 것에는 둘 다 동의하고 있다.

안젤리나의 선택은 결혼을 하여 가족을 이루고 있는 뭇사람들에게 언뜻 무책임해 보일 수 있지만, 아이들을 미국에 한정되지 않은 '세계의 자녀'들로 키우겠다는 포부와 책임감 강한 모정에 선뜻 시비를 걸 사람은 없을 듯하다.

안젤리나 졸리, 세 가지 열정

2005년 11월, 유엔난민고등판무관 친선대사인 안젤리나 졸리가 파키스탄 카슈미르 지역에 방문해 해발 6,000피트에 위치한 마을에 사는 한 여인의 말을 듣고 있다. 여인은 지진 이후 다가올 겨울에 대비해 준비해야 할 것들을 이야기하고 있다.

끊임없이 자신을 변화시켜라!

"14살 때 누군가가 저를 아시아나 아프리카 한가운데 떨어뜨려 놓았다면, 제가 얼마나 자기중심적인 사람인지 깨달았겠죠. 그곳에서는 고통, 죽음과의 진정한 싸움이 한창이었으니까요. 그런 모습을 목격했더라면, 자신과의 이미식은 싸움은 하지 않았을지도 몰라요."

방황하고 좌절하고
그리고 또 성숙해지기

“제가 미쳤다고 생각한 적은 없었지만,
그렇다고 세상에 잘 적응하여 살 수 있을 거라고
생각하지도 않았어요. 어렸을 때 자살에 대해
수없이 생각했는데, 행복하지 않았기 때문이 아니라
저 자신이 쓸모없는 사람이라고 느꼈기 때문이지요.”

안젤리나 졸리는 어려서부터 보통 아이들과는 달랐다. 다른 아이들은 부모님께 강아지나 아기 고양이를 애완동물로 사달라고 조를 때 안젤리나는 블라디미르라는 이름의 도마뱀을 키웠다. 또 다른 애완동물로 뱀을 키우기도 하였다. 그리고 여자 친구들이 발레리나를 꿈꿀 때 안젤리나는 흡혈귀나 장의사가 되고 싶다고 했고, 그림을 그려도 노인의 얼굴이나 나체 여성, 고함치는 입 등을 그리곤 하였다. 어른들이 보기에 안젤리나는 확실히 정서적으로 불안정한 아이로 느껴졌을 것이다.

이런 점들이 잦은 이사와 외도로 인한 아버지의 부재에서 비롯된 것인지는 확실하지 않지만 안젤리나의 정서에 불완전한 가족의 배경이 영향을 줬음에는 틀림이 없는 것 같다. 다음과 같은 안젤리나의 말을 살펴보면 알 수 있다. "이사를 많이 하다 보니 저는 영원히 한곳에 정착할 수 없다는 생각이 자주 들곤 했어요. 그래서 항상 다락방을 갖고 싶어했죠. 언제라도 그 자리에 있고 올라가기만 하면 옛일들이 새록새록 기억나는 다락방 말이에요. 다락방은 포근히 절 안아 줄 거라 생각했어요."

십대 시절 안젤리나의 이런 면은 더욱 도드라졌다. 이때부터 자살을 생각하게 됐고, 자신의 몸에 자해를 하며 만족감을 느꼈다. 또한 거친 행동으로 학교에서 문제아로 낙인찍혔고, 열여섯 살에 남자친구와 자신의 집에서 동거를 하기도 했다.

이런 불안정한 심리 상태와 독특한 행동양식은 이십대가 되어도 계속되었다. 하지만 안젤리나 졸리는 자신을 결코 미쳤다거나 심각하게 문제가 있다고 생각하지 않았다. 단지 남들과 많이 다르다고 생각했으며, 이런 다른 점들 때문에 자신이 비난받아서는 안 되고, 남들처럼 존중받아야 한다고 생각했다. 무엇보다 안젤리나 졸리는 과거 자신이 쓸모없는 존재라고 생각한 데서 벗어나 자신을 사랑하기 위해 노력해 왔다. 그녀가 자신의 모습 그대로 사랑하게 되지 않았다면 그렇게 솔직하고 당당하게 사람들 앞에 서지 못했을 것이다.

안젤리나는 많은 시간을 방황하고 괴로워하였다. 하지만 그녀는 자신을 포기하지 않았으며, 그녀 인생을 자신이 선택한 대로 당당하게 살아 냈다. 거기에서 멈추지 않고 안젤리나는 이제 어엿한 어머니가 되어 자신 이외의 다른 생명들을 책임지고 세계의 문제에 관심을 기울이며 헌신할 줄 아는 성숙한 인격을 가지게 되었다. 그녀를 지금의 성공적인 삶으로 이끌고 변화시킨 것은 결국 안젤리나 자신이었다. 남의 시선을 의식하지 않고 그들의 방식이 아닌 자신의 방식대로 살아 내겠다는 열정적

안젤리나 졸리, 세 가지 열정

이고 끊임없는 자기 혁신의 결과인 것이다.

남다른 감수성을 가진 소녀

안젤리나가 9살 때 외할아버지가 돌아가셨는데, 감수성이 예민한 어린 소녀에게 외할아버지의 장례식은 굉장히 매력적인 의식으로 보였다. 대부분의 또래 친구들은 장례식이라면 왠지 마음이 움츠러들고 죽음에 대한 두려움을 느끼지만, 안젤리나는 전혀 그렇지 않았다. "제가 9살 때 외할아버지께서 돌아가셨어요. 생전에는 활기차고 멋진 분이셨는데, 장례식은 아주 끔찍했어요. 모두가 히스테리 증세를 보였지요. 저는 장례식이 생명을 경축하는 행사일 거라고 예상했는데, 가보니까 방 한가득 당황한 표정의 사람들이 모여 있었어요. 어려서부터 전 죽는 게 두렵지 않았어요. 그래서 다들 절 보고 어두운 사람이라고 얘기하는 건가 봐요. 그런데 사실 전 무척 긍정적인 사람이에요."

안젤리나는 자신을 이렇게도 설명했다. "저는 전통이나 뿌리와 관련된 부분에 아주 관심이 많아요. 그래서 장례식에 그렇게 정신이 팔렸었나 봐요." 외할아버지가 세상을 떠난 후, 안젤리나는 검정색 옷을 입기 시작했다. 산책할 때도 무덤 주변을 걸어 다녔고, 책을 읽을 때도 시체를 방부 보존하는 방법이나 시체 안치에 관한 과학 책을 읽었다. "죽음에 관한 이미지를 떠올리면 마음이 안정되는 게 느껴져요. 만약 내가 내일 죽는다고 가정해 보면 지금 나의 삶을 객관적인 위치에서 감상하는 게 가능해지지요."

10살이 되면서부터 안젤리나는 생활이 재미없어지기 시작했다고 회상했다. 엄마 마셀린이 남매와 함께 LA로 이사 온 이후, 안젤리나의 반항심은 갈수록 심해졌다. 안젤리나는 당시를 이렇게 기억했다. "제가 미쳤다고 생각한 적은 없었지만, 그렇다고 세상에 잘 적응하여 살 수 있을 거라고 생각하지도 않았어요. 어렸을 때 자살에 대해 수없이 생각했는데, 행복하지 않았기 때문이 아니라 저 자신이 쓸모없다고 느꼈기 때문이지요. 온갖 생각이 머릿속을 떠나지 않아서 불면증으로 밤을 새우기도 했어요."

또한 안젤리나는 어렸을 때 창문을 응시하며 시간을 보낸 적이 많았다. 그녀는 유리창을 쳐다보며 언젠가 정착해서 행복하게 살 수 있는 그런 곳을 상상했다. 그녀는 늘 이 세상이 아닌 다른 곳에 속해 있길 원했다.

반사회적 반항아로 낙인찍힌 십대

LA에서 부자 부모를 둔 아이들만 갈 수 있는 최고급 고등학교인 베벌리힐스 고등학교에 입학한 이후, 안젤리나의 이런 심리 상태는 더욱 강해졌다. 고등학교 친구들은 모두 부유했고, 예뻤고, 버릇이 없었다. 안젤리나는 도저히 친구들과 섞일 수 없었다. 무

안젤리나 졸리, 세 가지 열정

엇보다 할리우드의 대형 스타 아버지를 두었지만 이에 비해 가정 환경은 그다지 부유하지 못했다는 게 큰 이유였다.

존 보이트는 출연작 선정에 까다롭기로 유명했다. 그래서 자신에게 맞지 않는다는 이유로 흥행 대작이 될 만한 영화도 여러 편 거부했다. 존 보이트가 〈러브 스토리〉 주연을 거절한 건 유명한 사건인데, 심지어 영화사에서 이윤의 10%를 주겠다고 제의했는데도 그는 이를 거절했다.

안젤리나는 베벌리힐스 반대편 동네에 살았는데 진짜 부자들은 그 동네에 살지 않았다. 그래서인지 안젤리나는 일부러 다른 친구들과 다르게 행동했고, 또 부잣집 아이들과는 전혀 어울리지 않았다. 1990년대 초기의 베벌리힐스 아이들은 상당히 경직되어 있었다. 그래서 모두가 다수의 기준에 맞추려고 노력했다. 다들 성적도 잘 받아야 했고, 옷도 깔끔하고 비싼 옷으로 입어야 한다고 생각했다. 또 쇼핑을 하거나 친구들과 어울려 놀 때는 베벌리 센터나 웨스트 할리우드에 있는 대형 쇼핑몰에 갔고, 대부분이 아빠 신용카드로 쇼핑을 즐겼다. 그런데 안젤리나는 그런 아이들과 어울리지 않았으며, 부자 아이들은 상상도 못할 펑크록 클럽에 드나들었고, 펑크 스타일 옷을 입고 다녔다.

안젤리나는 그때 자신의 모습을 다음과 같이 설명했다. "전 거의 펑크족이나 다름없는 스타일을 하고 학교를 다녔어요. 스스로

두 번째 열정,
끊임없이 자신을 변화시켜라!

자신을 단정하거나 예쁘다고 생각하지 않았지요. 기묘하고 어딘가 어두워 보이는 사람, 호기심을 자극하는 그런 사람이라고 생각했어요. 검정 부츠를 신고, 찢어진 청바지에 낡은 재킷을 입고 다녔는데, 전 그런 스타일이 편해서 좋았어요. 공부 잘하는 단정한 모범생인 척하고 싶지는 않았지요. 저는 어둡고 우울하고 감정적인 걸 잘 이해하는 학생이었죠.”

안젤리나는 사내아이처럼 거칠고 과격한 행동을 일삼으며 일탈을 즐겼다. 또 칼을 수집했는데, 무서울 정도로 진지하게 수집했다. 주머니칼, 식칼 할 것 없이 온갖 종류의 칼을 모았는데, 그중에서 아무 칼이나 꺼내서 휘두르는 장난을 쳐 친구들을 놀래게도 하였다.

학교 선생님들은 안젤리나를 어떻게 다루어야 할지 몰라서 당황했고 마침내 심리치료사의 도움을 의뢰하기까지 했다. 안젤리나는 당시를 이렇게 회상했다. “학교에서는 부모가 이혼한 학생 전부를 따로 불러 모았어요. 한 심리치료사는 따로 모인 우리를 보고 죄책감에서 벗어나라고 말하곤 했죠. 우리가 무슨 잘못을 한 것도 아닌데 말이죠. 그 사람은 학생인 우리들이 현재의 삶에 적응을 못하고 있어서 정서적으로 불안한 거라고 했어요. 저는 그 치료사에게 제가 적절한 방식으로 삶에 적응했다고 확실하게 말했죠. 그런데 그 사람은 제가 말한 방식이 아닌 다른 방식으로 삶에 적응해야 한다고 같은 말을 반복하더라고요. 나는 그 사람의 말이 동화책에나 나올 법한 말이라고 생각했어요. 그때 이후 나는 심리치료 같은 건 신뢰하지 않아요. 아마 치료 요법이 끝난 후 날 상담했던 그 심리치료사가 오히려 치료를 받으러 다니지 않았을까요?”

안젤리나, 방황에서 벗어나다

안젤리나는 당시 ‘제멋대로인 반사회인’으로 취급받았다. 보통 제멋대로인 반사회인들이 그렇듯, 안젤리나 역시 자신에게 그런 꼬리표가 붙었다는 데 전혀 신경 쓰지 않았다. 또 솔직하게 이를 공개적으로 시인했다. “어렸을 때부터 저는 반사회적이라는 말을 자주 들었어요.” 재미있는 건, 안젤리나가 영화 〈처음 만나는 자유〉의 반사회적 정신질환자 역으로 오스카를 수상했다는 사실이다. 아이러니하게도 청소년기의 방황과 경험이 연기하는 데 도움을 준 것이다.

안젤리나의 고등학교 동창 중 한 사람은 그녀를 다음같이 기억했다. “안젤리나가 좀 거칠긴 했지요. 하지만 마음은 누구보다 여려서 마음에 상처를 쉽게 받았고, 그것 때문에 괴로워하는 일도 많았어요. 제 생각엔 부모님의 이혼이 마음에 큰 상처가 된 것 같았어요. 특히 아버지가 자식들은 뒤에 남겨 둔 채 자신만의 삶을

두 번째 열정,
끊임없이 자신을 변화시켜라!

계속 영위한다는 사실을 제일 힘들어했죠. 가끔 아버지가 같이 외출하려고 안젤리나를 데리러 오시기도 했어요. 오스카 시상식에 데려간 적도 있었죠. 하지만 안젤리나는 어쩌다 오스카에 데려가는 아버지가 아니라 항상 함께하는 아버지를 원했어요. 그런데 그러지 못하는 아버지와의 관계가 안젤리나의 마음에 상처가 된 거죠. 그래서 안젤리나는 마음의 상처를 드러내지 않으려고 남들 앞에서는 최대한 거칠고 강하게 보이려고 애썼던 것 같아요."

안젤리나는 십대 시절 자신이 대단히 제멋대로 행동했음을 뒤늦게 깨달았다. 폭넓은 관점에서 문제를 바라보고 생각해야 하는데 자신은 전혀 그러지 못했고 오로지 자기 문제밖에 신경 쓰지 않았다는 것을 깨닫고 부끄러워하였다. "제 심술궂은 행동과 자해를 보며 아마 의사들은 어머니와 아버지에 대해 소곤댔을 거예요. 14살 때 누군가가 저를 아시아나 아프리카 한가운데 떨어뜨려 놓았다면, 제가 얼마나 자기중심적인 사람인지 깨달았겠죠. 그곳에서는 고통, 죽음과의 진정한 싸움이 한창이었으니까요. 그런 모습을 목격했다면, 자신과의 어리석은 싸움은 하지 않았을지도 모르죠."

하지만 안젤리나에게 십대 시절의 반항과 방황은 앞에서도 얘기했다시피 그녀의 연기에 큰 자양분이 되어 주었다. 그뿐만 아니라 그녀가 전쟁으로 폐허가 된 가난한 나라의 난민과 불쌍한 어린

안젤리나 졸리, 세 가지 열정

이들을 돕는 데 감정적인 공감대를 이끌어 낼 수 있는 충분한 경험이 되었다.

만약 그녀가 마냥 행복하기만한 어린 시절을 보내고, 온실 속의 꽃처럼 보호받고 자랐다면 지금의 안젤리나처럼 세계의 위험한 곳은 모두 헤치고 다니며 박애를 실천할 수 있었을까? 또한 피 한 방울 섞이지 않은 타국의 아이들을 입양하여 충분히 사랑을 줄 만한 용기와 자애를 가지게 되었을까? 아마 아닐 것이다. 여느 할리우드의 여배우들처럼 성형수술에 거액을 투자하고 있을지도 모를 일이다.

또한 그녀는 청소년기에 스스로를 자해하며 학대했지만 그러한 마음을 이기고 자존감을 지켜 냈다. 그렇게 자신을 지키고 사랑해 나가는 데 그녀의 연기에 대한 열정과 폭발할 듯 넘치는 사람에 대한 애정이 큰 도움이 되었을 것이다.

불우한 십대를 보냈던 안젤리나의 성공적인 변화는 지금 불우하고 어두운 시절을 보내고 있는 청소년기의 아이들에게도 용기를 주고, 귀감이 되기에 충분하다.

연기는 삶을 이끄는 원동력

"제가 어떤 역할의 오디션을 봤을 것 같아요?
뚱뚱한 거구의 40살 독일 남자 역할이었어요.
바로 저를 위한 역할이었지요. 제가 말랐고 게다가 여자라고 해서
그런 역할을 못할 거란 생각은 해보지 않았어요.
오디션을 볼 수 있는 것만으로도 기뻤으니까요."

안젤리나의 연기에 대한 열정은 그녀를 끊임없이 변화시킨 가장 큰 요인이다. 알다시피 안젤리나는 부모님이 모두 배우이기 때문에 어려서부터 자연스럽게 연기에 대한 지도를 받을 수 있었다. 그렇다고 해도 확실히 연기자가 될 수 있다는 보장 같은 것은 없었다. 오히려 청소년기의 방황과 위악적인 생활로 그녀는 연기 연습을 게을리 하거나 배우가 되고 싶다는 꿈을 포기했을 가능성이 컸다. 하지만 안젤리나는 연기에 대한 열정을 포기하지 않았다. 배우가 되겠다는 꿈은 그녀의 마지막 희망이자, 삶을 지탱해 주는 에너지의 원천으로 작용했다.

안젤리나는 모델로 시작해 경제적인 독립을 했고, 아버지의 성을 떼고 스스로 배우 오디션을 봤다. 또한 자신의 경험과 공감대를 살려 훌륭한 작품을 선택해 왔고, 연기에 대한 자질을 공식적으로 인정받았다. 그녀를 우울증과 충동적 기질에서 매번 구해 준 것도 연기에 대한 열정과 배우로서 성공하고 싶다는 열망이었다. 또한 그녀에게 또 다른 세계를 보여 줘 박애를 실천하는 지금의 안젤리나를 있게 한 것도 그녀가 자신의 고정된 이미지에서 벗어날 만한 열정적인 연기를 하지 않았다면 불가능했을지도 모를 일이다. 그녀를 끊임없이 변화시켜 온 그 열정은 아주 어려서부터 비롯되었다.

카메라가 장난감이던 어린 시절

안젤리나는 어려서부터 오빠와 사이가 좋았고, 남매는 늘 서로를 의지하며 생활했다. 둘은 언제나 재미있는 놀이 거리를 찾아다녔다. 안젤리나가 다섯 살이었을 때 엄마 옷을 입고 화장까지 한 뒤 연극하는 모습을 오빠 제임스가 비디오로 촬영한 것이 아마 그녀가 처음 카메라 앞에 선 것이 아닐까 한다. 남매의 공동 작품 제작은 십대까지 이어졌다. 제임스는 USC 영화 학교에 다닐 때 다섯 편의 학생 영화를 제작했는데, 여기에 안젤리나가 출연했고, 그중 한 편은 '조지 루카스 상' 감독상을 수상하기도 하였다.

안젤리나의 부모는 연기에 대한 딸의 자질을 발견하고 일말의 망설임 없이 격려해 주었다. "오빠가 홈비디오를 제게 들이대며 '안젤리나, 한번 쇼 좀 해봐.'라고 했었어요. 그때 엄마나 아빠 어느 누구도 조용히 하라거나 그만 하라고 말씀하시지 않았지요. 아빠가 제 눈을 쳐다보시며 '무슨 생각을 하고 있니? 어떤 느낌이드니?'라고 물으셨던 게 지금도 기억나요."

안젤리나는 자신이 연기에 관심이 있었다는 사실을 잘 몰랐다고 했다. "제가 정확히 무엇을 원했는지는 저도 잘 몰랐어요. 언젠

안젤리나 졸리, 세 가지 열정

가 알 수 있다고 생각은 했죠. 저는 표현하기를 좋아했어요. 무언가를 남들 앞에서 설명하거나 표현하려고 노력하는 게 좋았지요. 저는 다양한 감정을 탐구하거나, 남의 말을 잘 들어주고, 무언가를 느끼는 데 소질이 있었어요. 그런 게 바로 연기자의 소질이었나 봐요."

안젤리나 본인은 자기가 원하는 바를 잘 몰랐을 수도 있다. 하지만 아버지 존 보이트는 딸이 언젠가 카메라 앞에 서게 되는 건 피할 수 없는 운명이라고 생각했다. "지금 생각하면 안젤리나가 배우가 될 운명이라는 건 어렸을 때부터 확실했습니다. 안젤리나는 무슨 일이든 극적인 사건으로 만들 줄 아는 아이였습니다. 또 항상 바빴고 창조적으로 행동했습니다."

리 스트라스버그 연기 학원

마셀린이 아이들을 데리고 LA로 이사 왔을 때, 11살의 안젤리나는 마치 당연한 일인 듯 리 스트라스버그 연극 학원에 등록했다. 그곳은 엄마 마셀린이 전에 연기를 공부하던 학원이었다. 배우, 감독, 제작자 그리고 연기 지도자로 활동 중이던 리 스트라스버그는 1969년, LA에 드라마 학교를 세웠다. 할리우드의 유명한 연기자들 중 그의 가르침을 받은 제자로는 제임스 딘, 로버트 드니로, 스티브 맥퀸, 제인 폰다, 알 파치노 그리고 폴 뉴먼 등이 있었다.

리 스트라스버그는 연기 방법을 대단히 중요하게 여겼다. 그는 실제처럼 연기하려면 배우가 과거의 기억, 경험, 감정을 이끌어 내서 연기해야 한다고 주장했다. 안젤리나는 바로 이 때문에 2년 만에 학원을 그만두었다. 무대에 몇 번 서본 뒤 자신이 극 중 인물을 표현하는 데 필요한 경험이 충분치 않다는 것을 깨달았기 때문이다. 연기를 하기 전에 더 많은 경험을 해보아야겠다고 생각한 것이다.

리 스트라스버그의 이론은 안젤리나에게 지대한 영향을 미쳤다. 안젤리나는 연기력에 관해 최근 이런 발언을 했다. "연기는 극 중 인물인 척 가장하거나 거짓으로 행동하는 게 아니에요. 맡은 인물에 맞는 성격을 자기 안에서 찾아내고, 그 이외의 자기 성격은 무시하는 게 바로 연기죠. 그래서 연기를 하려면 본래의 내 자신을 버려야 한다는 사실이 배우라는 직업에서 가장 힘든 면 같아요."

리 스트라스버그 학원을 떠난 후, 안젤리나는 베벌리힐스 고등학교를 계속 다녔고, 16살 때 학교를 졸업했다. 바로 이 시기에 안젤리나는 펑크족 로커인 남자친구와 헤어지고 자기 아파트를 구해 따로 살기 시작했다. 또 안젤리나가 전보다 가족과 좀 더 가까워지면서 가족의 도움을 구하기 시작하고, 화려한 수상 경력을 갖

안젤리나 졸리, 세 가지 열정

고 있는 아버지에게 연기 지도를 받기 시작하였다.

존 보이트는 이렇게 말했다. "안젤리나가 찾아오면 같이 연극을 하며 다양한 역할을 해보았습니다. 저는 딸의 재능을 알아보았고, 안젤리나는 연기를 좋아했습니다. 그래서 저는 최선을 다해서 용기를 북돋아 주며 연기 지도를 해주었고, 나름대로 최고의 조언을 해주고자 노력했어요. 한동안 둘이서 매주 일요일마다 새로운 연극을 하며 지냈습니다."

존 보이트와 마셀린은 남매가 나중에 스타가 되리라 어렴풋이 눈치를 챘던 게 분명한데, 아이들의 이름만 봐도 알 수 있다. 안젤리나와 제임스에게 상당히 이국적인 중간 이름을 지어 주었기 때문이다. 안젤리나는 '졸리', 제임스는 '헤이븐'이라는 중간 이름을 지어 주었는데, '졸리'와 '헤이븐'이라는 중간 이름은 연기를 한다면 무대에서 사용하기에 딱 좋은 색다른 예명이 될 수 있었다.

물론 앞에서 말했지만 안젤리나는 나중에 아버지의 성을 떼어 버렸다. 배우 존 보이트의 딸이 아니라 그냥 연기를 사랑하는 평범한 배우지망생으로서 시작하고 싶었던 것이다. 안젤리나는 그렇게 한 것이 지금 생각해도 잘한 일이라고 말했다.

고등학교를 졸업하자 안젤리나는 어리숙한 미성년의 티를 벗어 버리고 마침내 모델 일로 스스로의 생계를 꾸려 나갈 수 있게 되

두 번째 열정,
끊임없이 자신을 변화시켜라!

었다. 독립 후에도 여전히 오빠 제임스와 가깝게 지내던 그녀는 앞에서도 말했지만 USC 영화 학교의 학생영화제에 출품할 오빠의 영화에 기꺼이 출연하기도 했다. 안젤리나는 제임스가 감독한 영화 다섯 편에 출연했다.

또 안젤리나는 고등학교 졸업 후 리 스트라스버그 학원에 다시 등록하였다. 일반 학교 생활과 모델 일을 통해서 경험을 쌓았다고 생각한 안젤리나가 다시 진지하게 연기를 배우기 위해 리 스트라스버그 학원으로 돌아간 것이다.

연기는 나의 힘

안젤리나는 오디션을 볼 때도 특이한 역할에 도전하곤 하였다. 코미디 영화인 〈룸 서비스〉의 배역을 얻기 위해 오디션에 나갔을 때는 전형적인 여성 역할이 아니라 여성을 지배하려는 남성 역할에 도전했다. "제가 어떤 역할의 오디션을 봤을 것 같아요? 뚱뚱한 거구의 40살 독일 남자 역할이었어요. 바로 저를 위한 역할이었지요. 제가 말랐고 게다가 여자라고 해서 그런 역할을 못할 거란 생각은 해보지 않았어요. 오디션을 볼 수 있는 것만으로도 기뻤으니까요." 이 일화를 보더라도 안젤리나는 도전 의식이 매우 강한 배우였음을 알 수 있다.

경제적으로 독립한 안젤리나는 뉴욕으로 이사한 뒤 뉴욕 대학

안젤리나 졸리, 세 가지 열정

의 야간 학부에 등록해 영화학을 전공했다. 그리고 18살 때, 그녀는 '항상 키가 더 커야 하고 더 말라야 한다는 압력에 시달리는 데 질려 버려서' 모델 일을 그만두었다. 그리고 아버지의 성을 떼어 버리고 처음 역할을 따낸 영화인 〈사이보그 2〉에 출연하였다.

예술적인 측면에서, 이 영화는 안젤리나가 자신의 야심 찬 연기력을 선보일 만한 최상의 선택은 아니었다. 하지만 안젤리나는 자신의 힘으로 영화계에 진출했다는 것만으로도 만족스러웠다. 무엇보다 자신의 마른 몸과 유명 배우인 아버지에 대한 콤플렉스를 극복하고, 꾸준히 연기 공부를 해온 성과로서 출연하게 된 영화이기 때문에 더욱 소중하게 느껴졌다.

그 후 안젤리나는 배역에 너무 몰입했거나 영화의 실패로 인한 후유증으로 우울증에 걸리는 등 좌절을 몇 번 더 맛보게 된다. 하지만 그녀는 또 다른 작품으로 재기에 성공하면서 점차 자신감을 얻게 되고, 연기가 자기 인생에 에너지를 주는 원천임을 다시 한 번 깨닫게 된다.

두 번째 열정,
끊임없이 자신을 변화시켜라!

할리우드 스타로
살아가지 않기

“물론 저도 가끔은 내 자신을 속이고 남의 판단 기준으로 하려는 말을 검열하려는 유혹을 느낍니다. 하지만 그런 감정을 이겨 내려고 애써요. 인터뷰를 통해 제 의견과 감정을 이야기하는 건, 동시에 그 인터뷰를 읽거나 듣는 다른 누군가와 제 의견 그리고 감정을 공유한다는 의미예요. 그런 중요한 의사소통을 거짓으로 하면 되겠어요?”

안젤리나 졸리는 인터뷰에 앞서 의지를 다지는 듯했다. 기자와 대중 그리고 팬들을 향해 '내 모습 있는 그대로를 사랑해 줘요. 다르다는 이유로 날 괴상하게 바라보는 것 자체가 편견이에요. 난 편견에 싸울 준비가 됐으니 어서 아무 질문이라도 해보시죠.'라고 이야기하는 것 같았다.

안젤리나는 여느 할리우드 스타처럼 자신의 이미지를 신비롭게 만든다거나 거짓으로 꾸미지 않는다. 우리는 그런 안젤리나를 통해 영화와 현실을 구분하게 되고, 우리가 즐겨야 할 부분과 제대로 살펴보아야 할 부분이 따로 존재한다는 것을 깨닫게 된다. 이것은 안젤리나만이 보여 줄 수 있는 힘이며, 그녀 자신이 솔직해지기 위해 끊임없이 자기 자신과 싸우고 있다는 증거이기도 하다.

안젤리나는 다른 할리우드 스타들처럼 자신의 이미지를 거짓으로 꾸미고 억지로 화려하게 치장하지 않아도 된다. 그 대신 그녀 내부에서 살아 움직이는 열정적 에너지들이 밖으로 당당히 투영되어, 그녀를 보고, 듣고, 느끼는 사람들에게 매분마다 그녀의 이미지를 생동감 있게 전달할 것이기 때문이다. 결국 안젤리나에겐 다른 할리우드 스타처럼 살며, 거짓 이미지로 꾸미는 것 자체가 누구도 보여 줄 수 없는 그녀만의 매력을 감소시키는 일이 될 수도 있다.

자신의 삶을 검열하지 않으려는 노력

안젤리나와 그녀의 두 번째 남편 빌리 밥은 여러 가지 면에서 할리우드의 불문율을 깨뜨렸다. 할리우드에서는 스타들의 비밀이 철저하게 지켜지는 건 말할 필요도 없고, 에이전트, 매니저, PR 회사 등을 통해 스타들의 이미지가 만들어진다. 하지만 안젤리나와 빌리 밥은 그들의 삶을 솔직하게 공개함으로써 할리우드 스타의 전형적인 이미지를 벗어 던졌다.

안젤리나는 우리 사회가 거짓말하고 진심을 숨기도록 개개인을 훈련시키고 있다고 말했다. "저는 그런 훈련에 대해 의문을 제기하고 싶어요. 다들 외적인 것에 너무 치중한 나머지 진실을 보지 못하고 있어요. 저는 공적으로 드러나는 위험을 감수해서라도 진실을 지키길 원해요. 그리고 남편에 대한 제 사랑을 숨기고 싶지 않아요. 우리 부부가 함께하는 게 얼마나 좋은지, 얼마나 저를 행복하게 하는지 모두에게 알리고 싶을 뿐이에요. 그게 엄청나게 나쁜 범죄 행위도 아니잖아요?"

빌리 밥도 안젤리나와 서로 상대방의 피를 담은 목걸이를 교환하는 등 자신들이 다른 할리우드 커플들과 다른 점이 있다는 것을

안젤리나 졸리, 세 가지 열정

시인하면서 다음과 같이 얘기했다. "얼굴을 맞대고 어떤 사실을 직접적으로 말하면 많은 사람들이 그 사실을 거부합니다. 안젤리나와 저는 그저 영화에 자주 등장하는 그런 사랑과 인생을 살려는 것뿐입니다. 영화에서는 빗속을 뛰어다니는 게 이상하지 않잖아요? 또 팔이 잘리는 장면이 나오는 영화도 있지 않습니까? 저는 단지 실제 생활에서 안젤리나를 위해 그런 행동을 하는 겁니다. 저희들 행동 중에는 영화에서 보면 낭만적으로 보일 만한 것들도 꽤 있습니다. 영화가 아닌 실제 현실 생활에서 보니까 다들 괴상하다고 생각하는 겁니다."

오랫동안 함께 일했던 홍보 담당자와 헤어진 직후 톰 크루즈가 〈오프라 윈프리 쇼〉에 나와서 케이티 홈스와 사랑에 빠졌다며 소파 위를 펄쩍펄쩍 뛰는 장면이 텔레비전에 방영된 건 우연이 아니다. 소파에서 날뛰는 모습은 그 동안 사람들에게 보이지 않던 톰 크루즈의 또 다른 일면이었다. 다시 말해서 그 전까지는 매니저와 홍보 담당자에 의해 톰 크루즈의 이미지가 관리되고 조작되었다는 뜻이다.

안젤리나의 다음 인터뷰 내용은 그녀가 오롯이 자신으로서 살아가기 위해 자신의 생각을 검열하지 않으려는 힘든 노력을 남몰래 하고 있다는 것을 알게 해준다.

"저는, 자신이 하는 말에 대해 생각하고 검열하는 사람은 절대 되고 싶지 않아요. 물론 저도 가끔은 내 자신을 속이고 남의 판단 기준으로 하려는 말을 검열하려는 유혹을 느낍니다. 하지만 그런 감정을 이겨 내려고 애써요. 인터뷰를 통해 제 의견과 감정을 이야기하는 건, 동시에 그 인터뷰를 읽거나 듣는 다른 누군가와 제 의견 그리고 감정을 공유한다는 의미예요. 그런 중요한 의사소통을 거짓으로 하면 되겠어요? 제 실수까지 솔직하게 말하고 그것을 극복하려는 제 모습은, 다른 누군가가 자기 실수를 극복하는 데 도움이 될 수도 있잖아요. 세상에 실수하지 않는 완벽한 사람은 없어요."

안젤리나 졸리, 세 가지 열정

라라 크로프트와의
운명적 만남

66라라 크로프트를 연기할 때 안젤리나는
자기 안에 내재한 개성을 찾아내야 했습니다.
그 개성은 강하고 활력이 넘치고 또 신체 외적으로 대단히 독특한
모습을 하고 있지요. 어려운 시기를 극복한 안젤리나가 그 영화를
촬영할 때 긍정적인 방향으로 자신의 능력을 잘 발휘한 것 같더군요.99

안젤리나 졸리는 〈지아〉와 〈처음 만나는 자유〉를 통해 정서적으로 안정되지 못한 위험한 여자들을 연기하여 대중의 인기와 함께 연기력을 공인받을 수 있었다. 하지만 안젤리나는 이제는 그런 이미지에서 벗어나기를 원했다. 연기를 하면서 자신의 과거 경험과 고통을 떠올려야 했고, 다시 그 상황에 몰입해야 했기 때문에 연기자를 떠나 생활인으로 돌아오면 그 괴로움이 계속 이어져 우울증이 발생했기 때문이다. 또한 안젤리나는 자신의 내면에 그런 음울하고 신경증적인 모습 이외에도 섹시하고, 여자답고, 유쾌하며, 강인하고, 사랑스런 다채로운 모습도 분명 존재한다고 믿었다. 그렇기 때문에 다른 성격의 역할에 도전해 보고 싶었다.

영화 〈툼 레이더〉는 그녀에게 성격파 연기 이외에 또 다른 연기 지평을 열어 준 작품이다. 그녀는 이 영화의 주인공인 라라 크로프트를 연기함으로써 섹시함과 강인함을 동시에 갖춘 여전사로 완전 탈바꿈된 모습을 보여 주었다. 또한 그녀는 이런 변신의 성공에 힘입어 이후 〈오리지날 씬〉(2001), 〈어느 날 그녀에게 생긴 일〉(2002), 〈월드 오브 투모로〉(2004), 〈알렉산더〉(2004), 〈굿 셰퍼

안젤리나 졸리, 세 가지 열정

드〉(2006) 등 아름다움과 섹시함, 로맨틱 코미디물과 고전물, 진지함과 오락성을 넘나들며 더욱더 연기의 지평을 넓혀 변신을 꾀할 수 있었다.

또한 그녀는 〈툼 레이더〉를 찍기 위해 캄보디아에 갔다가 그곳의 정치적 상황과 고통받는 사람들의 모습에 눈이 뜨이게 되었다. 한마디로 〈툼 레이더〉는 그녀의 삶에서 획기적인 전환점을 마련해 준 것이다.

액션 영화를 선택하다

이제껏 제대로 된 액션 영화를 찍어 보지 못했던 알젤리나는 니콜라스 케이지 주연인 〈식스티 세컨즈〉(2000)에서 제대로 된 액션 영화의 묘미를 맛보게 되었다. 이 영화에서 안젤리나는 낮에는 섹시한 정비공으로 그리고 밤에는 바텐더로 일하다 대규모 자동차 절도 계획에 동참하여 완벽한 범죄자로 변신하게 되는데, 관객들의 큰 호응을 얻었다.

그녀는 이 영화를 찍으면서 자동차 정비 기술을 배우는 등 몸을 쓰는 것에 새로운 재미를 느끼게 되었고, 다음 작품도 액션 영화로 정하게 되었다. 유명한 컴퓨터 게임과 만화책을 영화화한 〈툼 레이더〉가 그것이다.

고고학자이자 사진기자인 라라 크로프트 역할은 물리적인 면에서 볼 때 안젤리나에게 분명 도전적인 배역이었다. 안젤리나는 액션 배우 역을 선택한 자신의 결정에 대해 주위의 시선을 의식해 이렇게 얘기했다. "오스카 수상자는 진지하게 작품을 선정해야 한다고 여기는 사람이 많은데, 그건 멍청한 생각이에요. 하고 싶은 역할을 하면 되는 거예요."

재미있게도, 영국 상류층 여장부 라라 크로프트와 안젤리나의 첫 만남은 그다지 좋지 못했다. 조니 리 밀러와 결혼했던 당시, 남편이 컴퓨터 앞에 앉아서 정신없이 〈툼 레이더〉 게임에 빠져 있을 때 종종 말다툼이 생겼기 때문이다. 플레이스테이션에 남편을 빼앗긴 과부 아닌 과부들이 다들 그렇듯 안젤리나 역시 라라 크로프트를 미워했고 남편의 관심을 되찾기 위해 컴퓨터 이미지와 경쟁해야 했다.

사실 사이몬 웨스트 감독이 그 역할을 맡아 달라고 처음 안젤리나에게 접근했을 때 안젤리나는 기겁하였다. "감독님이 전화로 제게 라라 크로프트에 대해 말씀하실 때 저는 그 여자가 정말 마음에 안 든다고 말했죠. 그런데 저더러 라라 역을 맡아 달라고 하시더군요. 저는 '지금 제정신이에요?'라고 대답했어요. 저 역시 다른 여자들처럼 라라를 증오했거든요." 안젤리나는 컴퓨터 게임에 능숙하지도 못했다.

이렇듯 안젤리나는 〈툼 레이더〉에 관해 부정적인 생각을 갖고

안젤리나 졸리, 세 가지 열정

있었지만, '상대를 이기지 못할 바에는 한편이 되라!'는 속담처럼 영화 출연 계약서에 서명하였다. 이때까지 그녀는 지금과는 전혀 다른 새로운 여자가 자신의 내면에 들어 있는 줄 눈치 채지 못했다.

라라와 안젤리나의 공통점

사이먼 웨스트 감독은 안젤리나보다 그 역할에 완벽하게 맞는 배우는 없다고 확신했다. "완전히 안젤리나 그 자체입니다. 라라 크로프트는 잘 때도 칼을 허리에 찬 채로 잡니다. 누구도 만만하게 볼 수 없는 존재지요. 안젤리나는 완벽하게 라라 크로프트를 그려 낼 수 있는 배우입니다. 손에 땀을 쥐게 하는 액션과 섹시한 안젤리나 졸리, 이 두 가지 요소가 결합된 영화를 거부하는 젊은 남성은 한 명도 없을 겁니다. 스릴과 성적인 쾌감을 동시에 만끽할 수 있으니까요."

감독의 말은 틀림없었다. 라라 크로프트는 실제 인물로 존재하기에 불가능한 여성이기 때문에 청소년기의 남자들(경우에 따라 성인 남자들)에게 환상을 심어 주었다. 그래서 현실에 존재하는 안젤리나 졸리라는 배우가 라라 크로프트로 등장한다면, 남성 관객들에게 그보다 더 좋을 수는 없을 것 같았다. 짙은 색깔의 긴 머리카락과 환상적인 몸매 그리고 허식을 거부하는 라라 크로프트는 사

두 번째 열정,
끊임없이 자신을 변화시켜라!

2000년, 안젤리나 졸리는 그때까지 육체적으로 가장 힘들었던 역할인 〈툼 레이더〉의 라라 크로프트를 연기했다. 현란한 육체파 여성인 라라는 길고 짙은 색깔의 머리카락과 섹시하고 강인해 보이는 몸매를 자랑했다. 안젤리나는 이 영화에서 여성 액션 히어로 역할을 완벽하게 소화했다.

실 안젤리나를 모델로 삼은 캐릭터라고 할 정도로 닮았다.

안젤리나가 라라 크로프트라는 인물을 선택한 데에는 몇 가지 이유가 있다. 이전에 〈미녀 삼총사〉 출연 제의를 거절한 적이 있었는데, 안젤리나는 텔레비전 원작 시리즈를 시청하지 않았다는 것과 옷을 예쁘게 빼입는 스타일이 아니라는 이유 그리고 여럿이 팀으로 연기하는 것이 자신의 성격과 맞지 않는다는 이유로 거절하였다. 하지만 라라 크로프트는 항상 단독으로 활동했고, 옷을 여러 벌 갖추어 입지도 않았다.

이외에도 안젤리나가 〈툼 레이더〉를 선택한 또 다른 이유가 있다. 바로 라라와 안젤리나가 고독하고 강인해 보이는 면에서 비슷한 점이 많다는 것이다. 어린 시절 안젤리나는 여느 여자 아이들처럼 머리 모양으로 멋을 내보거나 하면서 노는 대신 칼을 갖고 놀기를 더 좋아했다. 라라는 아름답지만 화려한 드레스나 핫팬츠, 짧은 셔츠 등을 입는 데 시간을 낭비하지는 않았다.

라라는 스코틀랜드의 기숙학교 '고든스툰'이라는 곳에 다니던 것으로 나왔는데, 학창 시절 여러 명이 팀으로 하는 네트볼 같은 경기는 잘하지 못했지만 혼자서 언덕을 산책하는 것을 더 좋아하곤 했다. 또한 라라는 세상에 대해 더 많은 것을 배우길 원했지만 다른 사람의 도움은 필요치 않았다. 안젤리나 졸리와 라라 크로프트는 이렇듯 자세히 들여다보면 쌍둥이처럼 비슷한 점이 많았다.

두 번째 열정,
끊임없이 자신을 변화시켜라!

안젤리나도 이를 인정하지 않을 수 없었다.

"저와 라라 크로프트는 공통점이 많아요. 저처럼 라라도 혼자 있는 걸 좋아하고, 남자의 도움 없이도 '여전사'가 될 수 있었죠. 저도 라라처럼 무언가 확신하면 바로 행동에 옮겨요. 라라는 남자처럼 옷을 입거나 남자처럼 거칠게 행동할 필요가 없어요. 그 모습 그대로 강한 에너지와 열정이 느껴지죠. 저는 어렸을 때 소피아 로렌을 대단히 좋아했는데, 그런 여성들이나 저는 라라처럼 강한 여성을 좋아하는 것 같아요."

대역을 쓰지 않다

〈툼 레이더〉를 보면, 라라가 서까래에서 힘차게 회전해 자기 집으로 날아가는 장면이 나온다. 또 정글 속을 달리고, 그녀의 주요 적수인 맨프레드 파월(이안 글렌 역) 그리고 알렉스 웨스트(다니엘 크레이그 역)와 싸움을 벌이기도 한다. 안젤리나는 얼마든지 스턴트맨의 도움을 받아 촬영을 할 수도 있었지만 대역 사용을 꺼려했다. 영화 촬영 내내 안젤리나는 그런 위험한 장면의 연기를 자신이 직접 하겠다고 나섰다. 안젤리나의 스턴트 공동 진행자는 안젤리나를 두고 "지금까지 저렇게 고집 센 여자는 처음 봤다."며 혀를 찼다. 가끔은 웨스트 감독이 부상을 염려했지만 안젤리나 스스로 위험을 마다하지 않았다.

“정말이지 무서운 게 없는 여자입니다. 안젤리나를 어느 정도의 위험에 노출시켜야 할지, 어느 정도 두들겨 맞게 해야 할지 결정해야 할 때가 많았습니다. 50피트 상공에 매달려 흔들리는 통나무 위에서 연기하는 장면이 있었습니다. 아래는 그냥 콘크리트 바닥이었는데도 안젤리나는 안전장비를 풀어 버리겠다고 고집을 피우더군요. 만약 떨어지면 죽는 게 확실한데도 말입니다. 저는 절대 그렇게 할 수 없었습니다.”

안젤리나는 전부터 인디애나 존스나 제임스 본드가 되고 싶다는 소망을 남몰래 품었다고 말했는데, 이 말은 절대 농담이 아니었다. 실제로 웨스트 감독이, 라라는 ‘전사의 면모’가 강하다고 말했을 때 안젤리나가 가장 큰 관심을 보였다고 한다.

안젤리나는 여성을 강하지 않은 존재로 본 적이 한 번도 없었다. 그래서 이런 자신의 확신을 촬영장에서 증명하리라 결심했다. 하지만 어려움이 뒤따랐다. 안젤리나가 수차례 부상을 입었기 때문이다. 베인 곳도 많았고 멍들거나 화상을 입은 데도 많았다. 위험한 장면을 촬영할 때 입는 안전장비 때문에 피부에 물집이 잡혔고, 일주일이 지나니까 상처가 쓰라리고 아파서 스턴트 직원이 털옷을 댄 장비를 만들어 주기도 했다.

하지만 안젤리나가 무서울 게 없는 여자라는 생각은 틀린 생각이었다. 실은 전혀 그렇지 않았다. “제가 제일 무서워했던 부분은 당연히 번지점프 장면이었어요. 템즈 강을 오르내리는 카누들이 실제로 아주 멀리 있어서 카누 때문에 제가 위험할 가능성은 없다고 충분히 설명을 듣긴 했지만, 그래도 진짜 무서웠어요.”

웨스트 감독처럼 안젤리나의 아버지도 안젤리나가 상당한 위험을 감수할 때는 긴장하지 않을 수 없었다. 〈툼 레이더〉에서 단역을 맡아 연기한 존 보이트는 딸을 걱정하면서도 결단력과 고집만큼은 자신을 쏙 빼닮았다고 인정했다. “저도 안젤리나처럼 제가 할 수 있는 한은 최대한 직접 연기하려고 했었습니다. 그러니 그걸로 딸을 야단칠 수는 없었어요. 그저 ‘안전에 만반의 준비를 해라.’라고 말해 줄 뿐이었죠.”

〈지아〉의 감독인 마이클 크리스토퍼는 영화 촬영 후에도 안젤리나와 친구로 지냈는데, 그는 안젤리나의 무모한 행동에 대해 나름대로 이해심 깊은 변명을 해주었다. 안젤리나는 과거에 겪었던 우울함을 잘 극복하고 있으며, 전보다 훨씬 더 긍정적인 정신 상태에 있다고 말하면서 “라라 크로프트를 연기할 때 안젤리나는 자기 안에 내재한 개성을 찾아내야 했습니다. 그 개성은 강하고 활력이 넘치고 또 신체 외적으로 대단히 독특한 모습을 하고 있지요. 어려운 시기를 극복한 안젤리나가 그 영화를 촬영할 때 긍정적인 방향으로 자신의 능력을 잘 발휘한 것 같더군요.”라고 덧붙였다.

라라를 연기하기 위한 또 다른 노력들

영국의 서리 지방에서 태어난 라라는 귀족적인 가정에서 어린 시절을 보냈다. 그래서 완벽하고 깔끔한 영국식 발음으로 말하는 게 안젤리나에게는 중요했다. 수차례에 걸쳐 발음 지도를 받은 결과 안젤리나는 꽤 성공적으로 발음을 교정할 수 있었다. 오히려 가끔은 '런던 사투리'를 쓰지 않는 게 어려울 정도였다.

발음 외에도 해결해야 할 문제, 또는 감추어야 할 문제가 더 있었는데, 이는 안젤리나의 문신이었다. 안젤리나는 문신이 많았지만 라라는 하나도 없었기 때문에 촬영장의 분장사들은 문신을 감추기 위해 진땀을 빼야 했다. 처음에 안젤리나는 화면에 자기의 문신이 나오길 원했다. 하지만 이내 자신과 라라는 동일인이 아니며, 자신은 라라를 연기하는 배우임을 인정했다. 게다가 영국 귀족 출신인 라라의 팔뚝에 그 당시 남편의 이름인 '빌리 밥'이라는 글자가 있어서는 안 될 일이었다.

고든스툰 학교를 졸업한 후 라라는 스위스의 교양 학교에 들어갔다. 그래서 안젤리나 역시, 그녀의 표현에 의하면 '예절 학교'에 가게 되었다. 라라는 전사였지만 무슨 행동을 하던 간에 교양과 예의 바른 태도를 잃지 않았기 때문에 항상 올바른 자세를 하고 있어야 하는 것도 홀쭉하고 키가 큰 안젤리나가 특히 신경 써야 할 부분이기도 했다.

영화의 대성공

안젤리나가 〈툼 레이더〉를 촬영할 때, 신체적인 훈련이나 발음 교정보다 더 중요한 점이 있었는데, 안젤리나는 이를 제대로 인식하지 못했다. 라라 크로프트를 연기한다는 게 얼마나 대단한 일인지, 그 의미를 촬영 당시엔 깨닫지 못했던 것이다.

"제가 하는 일의 의미를 정확히 인식하지 못했어요. 라라는 일종의 우상으로 모든 남성의 환상을 자극하는 여성이었죠. 저는 제가 영화를 촬영하면서 많은 것을 배우고 또 좋은 경험을 한다고만 생각했어요. 하지만 그 영화에 대한 사람들의 기대는 정말 엄청났죠. 전 세계 수많은 사람들이 〈툼 레이더〉 시리즈로 게임을 하면서 라라는 이래야 하고, 또 이래서는 안 된다는 식으로 라라에 대한 나름대로의 견해를 갖고 있었어요. 저는 그 기대에 부응해야 했죠. 엄청난 부담감이었어요. 촬영 당시에는 몰랐지만요."

하지만 안젤리나가 자신감을 가졌던 한 부분이 있었으니 이는 바로 라라의 외모였다. 안젤리나는 연기를 하면서 관객들을 실망시킬까 봐 걱정을 많이 했다고 하지만 최소한 라라의 외모에 대해서만은 아무도 불평을 하지 않을 거라고 확신했다고 한다.

안젤리나는 그런 걱정을 할 필요가 없었다. 영화 시사회 때 굉장히 긴장했지만, 관객들은 영화를 보고 정말 재미있다며 박수를 보내 주었다. 그래서 안젤리나도 안도할 수 있게 되었다. 그녀는

안젤리나 졸리, 세 가지 열정

한층 더 가깝게 느껴지는 대중들에게 이렇게 얘기하였다. "정말 안심했어요. 이제 관객들도 제가 친구라는 걸 이해해 주길 원해요. 저 역시 평범한 사람이고 많은 결점을 안고 있어요. 일반인들과 조금도 다르지 않답니다."

안젤리나는 〈툼 레이더〉의 대성공으로 지금까지 액션 영화에서 강인하면서도 여성스러운 이중적 이미지를 가진 여전사 역할을 도맡아하고 있다. 그녀가 출연한 액션 영화들은 개봉 전부터 흥행을 보장하고 있고, 안젤리나의 팬들은 남녀를 초월해서 그녀의 이중적 매력에 푹 빠져 있다. 완벽한 이미지 변신의 성공이며, 세계적인 스타로 발돋움한 획기적인 자기 변화가 아닐 수 없다.

또한 그녀는 〈툼 레이더〉로 인해 정서가 불안하고 우울한 역할에서 벗어나 연기의 영역을 넓힐 수 있었다. 그리고 여자도 남자 못지않게 체력적인 면과 의지를 실천하는 면에 있어서 강인할 수 있다는 것을 보여 주었다. 이 모든 것으로 인해 그녀는 자신의 삶에 많은 전환점들을 그녀 스스로 마련하였다.

여전사에서 박애주의자 안젤리나 졸리로

> 유엔 헌장은 '우리 사람들'이라는 표현으로 시작한다. 이는 내가 읽은 표현 중 가장 아름다운 표현 중 하나이다. 이 말은, 삶은 함께 영위하는 것이며 세상의 모든 사람들은 역사와 문화를 함께 보호하고, 서로에게서 배운다는 뜻이다.

<톰 레이더> 촬영이 끝난 후 안젤리나가 다시 LA의 빌리 밥에게 돌아왔을 때 그녀는 많은 것이 바뀌어 있었다. 비단 안젤리나의 외모만 바뀐 게 아니었다. 오랫동안 가정에서 멀리 떠나 지내던 그녀는 새로운 문화를 접하면서 이전과는 완전히 다른 견해를 갖게 되었고, 세상을 더 폭넓은 시각으로 바라보게 되었다. 즉 빌리 밥에게는 안 된 일이지만, 안젤리나는 결혼할 당시와는 거의 180도 다른 사람으로 변해 있었다.

미국의 관점에서 벗어나 세계를 바라보다

이러한 변화를 야기한 여러 가지 원인 중 하나는 안젤리나가 영국에 머무는 동안 뉴스를 시청한 시간이 많았다는 점이다. 뉴스를 통해 세상을 보는 눈이 열리면서 그녀는 놀라지 않을 수 없었다. 미국에서 성장한 그녀는 그동안 미국적인 관점에서만 세상을 바라보았다는 걸 깨달았고, 영국에 머무는 동안 전에는 경험하지 못하던 많은 일들을 경험하고 눈으로 목격하였다. 안젤리나는 다음과 같이 말했다.

"미국에서 어린 시절을 보낸 저는 미국 역사에 대해서만 배웠어요. 그리고 정치적 이슈나 사건이 터지면 저 자신과 미국에 어떤 영향을 미치는가에만 관심을 가졌지 전 세계적인 영향력에 대해서는 생각해 본 적이 없었어요. 영국에서 뉴스를 시청하면서 내가 미국에 살고 있다는 게 얼마나 큰 보호막이 되었는지 깨달았어요."

〈툼 레이더〉 촬영과 함께 안젤리나를 변화시킨 또 다른 요인은 캄보디아에서 보낸 시간이 많았다는 점이다. 안젤리나는 캄보디아를 '지금껏 봤던 장소 중 가장 아름다운 곳'으로 묘사했다. 그녀는 캄보디아라는 나라의 아름다운 정경과 친절한 국민들 덕분에 큰 감동을 받았다. 그래서 캄보디아 국민들 중 대부분이 아직도 내전의 영향으로 고통을 겪고 있다는 사실을 대단히 안타깝게 생각했다.

캄보디아와 같이 슬퍼하다

1970년대 이후 캄보디아는 정권을 두고 서로 다른 분파가 오랫동안 내전을 벌이는 중인데다 복잡한 역사 또한 국민들에게 많은 고통을 남겨 주었다. 1975년 크메르 루주가 정권을 잡은 이후, 전체 인구의 약 4분의 1인 200만 명의 캄보디아인이 굶주림으로 사망하거나 난민수용소에서 질병이나 강제 노역, 고문 또는 정부에 의한 사형집행 등으로 목숨을 잃었다. 1987년에서 1989년 동안,

안젤리나 졸리, 세 가지 열정

크메르 루주와 인근 국가인 베트남 사이에 전쟁이 계속되다가 1991년 평화협정이 체결되었지만, 수년간에 걸친 혼란으로 캄보디아는 정치·경제·사회·문화적으로 파멸 직전 상태가 되고 말았다. 또한 오랫동안 전쟁을 치르면서 설치한 수백만 개의 지뢰가 아직도 곳곳에 남아 있다는 사실도 심각한 문제였다. 1979년 이후 지뢰 사고로 부상을 입어 팔이나 다리가 잘린 캄보디아 국민은 무려 4만 명에 이른다.

캄보디아를 방문한 후 안젤리나는 이렇게 말했다. "캄보디아 국민들은 너무나 관대하고 마음이 넓고 친절해요. 캄보디아에 와 보기 전에는 아직도 매일 지뢰를 밟는 아이들이 있다는 사실을 전혀 몰랐어요. 직접 와서 많은 것을 깨닫고 배웠습니다."

안젤리나는 캄보디아 국민들이 처한 처절한 상황에 진심으로 동정심을 느꼈다. 그래서 미국에 돌아오자마자 그런 감정을 곧바로 실천에 옮겼다. 어떻게 도움을 주어야 할지 잘 알지 못했던 안젤리나는 유엔난민고등판무관(UNHCR)에 연락을 취해서 자신이 할 수 있는 일이 무엇이 있나 물어 보았다. 현명하게도 안젤리나는 영화배우라는 자신의 지위가 캄보디아 국민들에게 도움을 주고 캄보디아 국민들이 겪는 어려움을 세계에 알리는 데 도움이 된다는 사실을 잘 알고 있었다. "유명인의 지위를 공익적인 방향으로 활용할 수 있다면, 그래서 다른 젊은이들도 동참하게 만들 수 있다면, 그럴 만한 가치가 있다고 생각해요."

안젤리나는 미국보다 더 어려운 국가에 대해 배우려는 자신의 소망이 완전하게 이타적인 행동은 아니라고 털어놓았다. "덕분에 제 삶이 완전히 변화되었으니까 오히려 저 자신에게 더 도움이 되었다고 할 수 있지요. 그런 면에서 순수하게 이타적인 마음만 작용한 거라곤 할 수 없어요." 실제로 당시 안젤리나는 자선 활동으로 자신의 삶이 얼마나 변하게 될지 전혀 예측하지 못했다.

박애주의자로 첫발을 내딛다

유엔난민고등판무관에 연락을 취한 직후, 안젤리나는 처음으로 유엔을 방문했다. 이후 2001년 2월, 안젤리나는 시에라리온과 탄자니아를 방문하며 자선 활동에 관해 많은 것을 배웠다. 방문을 마치고 아프리카에서 집으로 돌아오는 길에 그녀는 깨달은 바가 너무도 많았다.

"아프리카 정글에서 집으로 돌아올 때 비행기의 일등석에 앉았어요. 온몸이 먼지와 진흙으로 범벅이었지만 저 자신이 아름답게 느껴졌죠. 그런데 순간, 주변 사람들이 제가 영화배우라는 걸 알아보고 흘깃거린다는 생각이 들었어요. 주위를 둘러보니 제 모습 때문에 다들 놀란 눈치였지요. 일등석에 탄 사

안젤리나 졸리, 세 가지 열정

람들은 모두 비싼 양복을 입고 있었고, 예쁘게 화장을 하고 있었어요. 잡지를 보는 사람들도 많았죠. 그때 저는 파티나 영화 등급에 대한 기사, 또 누가 무슨 물건을 갖고 있는지, 누가 가장 섹시한지에 대한 잡지 기사를 들추며 기분이 상해 있었죠. 전 그때만큼은 잡지에 난 그런 세상에 다시는 돌아가고 싶지 않았답니다.”

아프리카를 방문할 때 안젤리나의 인기는 최고조에 달해 있었다. 가장 값비싼 디자이너의 명품 브랜드 옷을 입고 화려하게 살 수 있었지만, 베스트 드레서 목록에 이름이 올라가는 게 그녀의 야망이 아니라는 건 확실했다. 안젤리나에게 있어서 연기는 화려한 생활을 영위하기 위한 수단이 아니었다. 그녀가 누릴 수 있는 사치는 스스로 취할 수도, 버릴 수도 있는 것으로 그녀에게 전혀 중요하지 않았다.

가난과 고통에 찌든 사람들을 돕고 싶은 마음이 간절했지만, 공개적으로 그런 감정과 생각을 떠벌이다가 건방지고 변덕스러운 여배우가 세인의 관심을 끌려고 연기하는 것처럼 보일 위험이 높았다. 또 안젤리나는 반사회적인 취미를 가진 사람이라는 이미지가 아직 강하게 남아 있었기 때문에 정치적으로도 자신의 의견이 진지하게 받아들여지지 않으리라는 사실도 잘 알고 있었다. 그런 사실에 화가 나기도 했지만 안젤리나는 그 어느 때보다 조심히 행동해야 했다.

아프리카에서 맞잡은 손

아프리카를 방문한 안젤리나는 아프리카의 궁핍한 상황을 눈으로 직접 확인한 뒤 엄청난 충격을 받았다. 또한 자신의 직업이 부끄럽다는 생각도 들어서 처음에는 사람들에게 자신이 배우라는 사실을 숨기려고 했다. 배우라는 직업이 무의미하고 피상적으로 보일까 봐 걱정되었기 때문이다. "배우라는 제 직업은 그들이 상상할 수 없는 이상한 직업이었죠."

하지만 안젤리나의 '명예'와 '부'는 그들이 이해할 수 없는 '개념'이었다. 그래서 할리우드 배우라는 안젤리나의 직업을 설사 안다 해도 그들은 아무런 공허감이나 혼란도 느끼지 않는다는 사실을 깨달을 수 있었다. 그들이 안젤리나를 보고 들떠 있다면, 그건 오스카를 수상한 여배우가 왔기 때문이 아니라, 누군가 유엔 트럭을 타고 왔기 때문이었다. 난민들은 안젤리나가 누구인지, 어떤 영화에 나왔는지 전혀 관심이 없었다. 오직 그곳에 와서 자신들을 도우려는 사람에게 관심이 있을 뿐이었다.

자신의 재산에 대해서도 양심의 가책을 느낀 안젤리나는 보석, 옷, 무엇이든 화려해 보이는 건 모두 처분하고 싶어했다. "제게 있는 값비싼 것을 자랑하고 싶지 않았어요. 도둑이 무서워서가 아니라 저 스스로 기분이 좋지 않았기 때문이었죠. 제가 만난 사람들은 정말 가진 게 너무나 없었어요."

안젤리나 졸리, 세 가지 열정

어려서부터 많은 특권을 누렸던 안젤리나에게 이는 완전히 새로운 세상이었다. 처음에는 그런 상황에서 어떻게 행동해야 할지 전혀 알지 못했다. 단지 어느 누구에게도 마음의 상처를 주거나 무례하게 행동하지 말아야겠다고 굳게 결심할 뿐이었다.

한번은 '옴'을 앓는 것 같은 아이를 만났는데, 옴이 옮을 가능성이 있었지만 안젤리나는 그 아이의 손을 꼭 잡아 주었다. 대부분의 사람들은 그런 상황에 직면하면 신체적인 접촉은 최대한 피하기 마련이지만, 안젤리나는 자신이 가식적이지 않다는 걸 증명하고 싶었다. "불쌍한 그 어린 아이의 손에서 제 손을 빼내느니 차라리 옴이 옮는 게 낫다고 생각했어요."

안젤리나는 아프리카에서 만난 사람들을 향한 마음이 너무나 애틋했기 때문에 아프리카에서의 모든 기억을 잊지 않고 간직하고 싶었다. 설사 위생에 매우 해롭다 해도 말이다. 다르에르살람으로부터 런던으로 오는 비행기 안에서 안젤리나는 여행 중 내내 입었던 더러운 겉옷을 벗지 않았다. "그 옷을 담요로 삼았어요. 왠지 깨끗하게 털거나 세탁하고 싶지 않더군요. 무슨 이유에서인지 그 겉옷을 벗으면 아프리카에서 만났던 모든 사람들을 제게서 떼어 내는 것처럼 느껴졌어요."

다시 캄보디아로

아프리카 방문 이후 두 번째 여행은 다시 캄보디아였다. 이번 여행에서 안젤리나는 전쟁이 끝났지만 아직도 묻혀 있는 지뢰의 위험성에 대해서 뼈저리게 느꼈다. 또한 안젤리나는 『먼저 그들은 내 아버지를 죽였다(First They Killed My Father)』의 작가 르엉 웅(Luong Ung)과 만났다. 안젤리나는 그 책을 감명 깊게 읽었기 때문에 작가와의 만남을 매우 영광스럽게 생각했다. 안젤리나는 크메르 루주 집권 기간 중 르엉 웅이 경험한 내용을 읽으며 큰 감명을 받았고 저자 르엉 웅을 존경하고 있었다.

르엉 웅의 아버지는 부유한 정부 공직자였기 때문에 크메르 루주 정권에 대항하는 자들의 테러 대상이 되었다. 당시 르엉 웅은 다섯 살이었고 두려움과 불안감에 시달리며 어린 시절을 보내야 했다. 그 후 여성 군인으로 훈련받은 르엉 웅은 마침내 베트남으로 도망갈 수 있었고 우여곡절을 거쳐 미국에 들어왔다. 하지만 미국에 들어오기 전 언니 한 명과 사랑하는 아버지는 살해당하고 말았다.

젊은 캄보디아 여성 르엉 웅의 경험은 안젤리나를 겸손하게 만들었다. 르엉 웅은 캄보디아 문제를 세상에 알린 안젤리나를 정말로 고맙게 생각했다. 안젤리나는 르엉 웅과의 만남을 이렇게 회상했다. "만나자마자 서로의 눈을 마주 보았어요. 가까이 다가갈 때

안젤리나 졸리, 세 가지 열정

미소를 지었고, 이미 아는 사이인 것처럼 꼭 끌어안았어요."

정치적 발언에 앞장서다

다음 방문지는 파키스탄이었다. 같은 해 8월, 안젤리나는 그곳의 유엔난민고등판무관 대표를 통해 일주일간 난민을 만나고 현지 상황에 대해 배웠다. 재미있는 사실은, 안젤리나가 유엔난민고등판무관 대표들이나 미국 대사관 직원들과 함께 있기보다 파키스탄 현지인들과 함께 있는 것을 더 편해했다는 점이다. 유엔 대표들이나 미 대사관 직원들은 세계 정세에 밝았기 때문에 안젤리나는 그들의 지식에 위축되는 기분이었다고 했다. "다들 정치에 관해 논할 때면 좀 무서운 생각이 들었어요. 하지만 전 세계적인 문제를 이해하고자 노력하는 사람의 의견과 감정은 대단히 중요하기 때문에 진지해질 수밖에 없다는 걸 깨달았죠."

안젤리나는 워싱턴 DC를 20번도 넘게 방문해서 상원, 하원 의원들을 만나 어려운 국가에 인도주의적인 노력을 기울여 달라고 로비를 벌이기도 하였다. 그때도 안젤리나는 위축된 기분을 느낄 수 있었다고 고백했다. "서로 이마를 맞대고 의논해야 했거든요. 그래서 저는 문신을 가리기 위해 섹시한 옷이 아니라 정장을 입었어요. 저 자신도 절 못 알아볼 정도였지요. 실제로 그런 여자가 되고 싶다는 생각이 조금 들긴 했어요."

안젤리나는 난민들, 특히 여성 난민들과 함께 있을 때가 훨씬 더 편안했다고 한다. "여성 난민들의 생각, 웃음, 사랑하는 남편, 자녀의 미래에 대한 걱정 등 제가 여자로서 이해할 수 있는 부분이 많았어요."

여행에서 돌아온 지 2주가 지났을 때, 9·11 테러 사건으로 세상이 발칵 뒤집혔다. 그럼에도 불구하고 중동 사람들에게 공적인 지원을 끊지 말아야 한다는 안젤리나의 주장은 미국 내에 상당한 논쟁을 일으켰다. 안젤리나는 〈래리 킹 쇼〉와 CNN에 출연해서 9·11 테러가 끔찍한 사건이긴 하지만 그렇다고 모든 아프간 국민들이 벌을 받아야 하는 건 아니라고 주장했다. "이런 말씀을 드리면 싫어하는 사람이 많으리라는 건 저도 잘 알아요. 하지만 그곳 사람들도 우리처럼 가족을 이루어 살고 있으며 그들 대부분이 착한 사람들입니다. 무엇보다 그들은 고통을 당하고 있어요."

안젤리나는 이 발언 때문에 며칠 동안 협박을 받아야만 했다. "저를 협박한 남자는 중동의 테러범들이 뉴욕 시에 만행을 저질렀으니 모든 아프간 국민들도 고통을 받아야 한다고 말했어요. 또 제 가족 모두가 죽었으면 좋겠다는 말도 했고요." 그 당시 테러로 이슬람 극단주의자들의 손에 의해 죽은 사람이 거의 3,000명에 육박했다. 그래서 안젤리나는 자신의 주장이 파장을 몰고 오리라 이미 예상했다고 한다.

죽이겠다는 협박이 안젤리나에게 두려움을 주었을 수도 있지만, 그녀의 인도주의적인 자선 활동의 행보는 늦추지 못했다. 8개월 후 안젤리나는 에콰도르를 방문했다. 그녀는 그곳에서 자신이 본 광경을 '지구의 서쪽 반구에서 벌어진 가장 극심한 인도주의의 위기'라고 표현했다. 당시 콜롬비아는 지구상에서 최악의 내분 문제를 겪고 있었다. 이번 여행은 안젤리나에게 전과는 다른 여행이었다. 왜냐하면 어머니가 된 후 떠나는 첫 번째 여행이었기 때문이다. 입양 후에도 유엔난민고등판무관 활동에 헌신적으로 참가하고 있었지만 새로 입양한 아들을 집에 남기고 여행을 한다는 게 전처럼 쉽지 않았다. 하지만 그녀는 아들의 볼에 입맞춤을 하고 복받치는 감정을 꾹 누르며 다시 유엔 사절로서 여행길에 올랐다.

유엔 사절단과 동행하며 회고록을 남기다

안젤리나는 유엔난민고등판무관의 일원으로 여행을 하면서 일기를 쓰기 시작했는데, 이것을 묶어 2003년에는 『안젤리나 졸리의 아주 특별한 여행(Notes From My Travels)』이란 책을 출간하기도 하였다.

이 책 안에는 유엔난민고등판무관을 통해 진행된 모든 과정이 담겨 있다. 안젤리나의 책은 독자들에게 새로운 인식과 감동을 안겨 주었다. 아무런 가식 없이 자신의 경험을 담담하게 기술했기 때문이다.

　유엔난민고등판무관과 일을 시작할 당시, 안젤리나는 난민촌에서 생활하는 난민들의 고통에 대해 아는 바가 전혀 없었다. 그래서 직접 가서 듣고 보고 배우지 않는다면, 굶주림, 궁핍과는 거리가 먼 부유한 영화배우는 제대로 선행을 베풀 수 없을 것이라고 확신했다. "저는 무엇을 해야 할지 하나도 몰랐어요. 제가 아는 건 세상에 대해 더 많이, 날마다 배워야 한다는 것뿐이었죠. 제가 모르는 게 얼마나 많은지 새삼 깨달았어요."

　안젤리나는 책에서 독자들에게 정치적인 사실과 독선적인 설교를 늘어놓지 않았다. 대신 자신이 본 그대로를 기록했을 뿐이다. 또 직접 보고 느낀 바를 솔직하게 이야기하면서 그들에게 무슨 도움을 어떻게 줄 수 있는지를 독자들에게 상세하게 설명했다.

　사절단과 함께 여행하면서 안젤리나는 전에 경험한 적이 없는 끔찍한 상황에 맞닥뜨린 적도 몇 번 있었다. 안젤리나는 그러한 위험 속에서 자신이 느꼈던 감정과 생각, 흘린 눈물 그리고 만났던 사람들 모두를 자세히 소개했다.

　안젤리나는 이 책에서 자신이 자선 활동에 나서게 된 직접적인 동기가 된 통계자료도 목록으로 작성하였다. 그것은 참으로 놀랄 만한 수치였다. 현재 전 세계적으로 2억 명 이상의 난민이 존재하고 있으며, 세계 인구의 6분의 1이 하루에 1달러 미만으로 생활하

안젤리나 졸리, 세 가지 열정

고 있고, 11억 명이 안전한 물을 마시지 못하고 있다. 또한 전기가 들어오지 않는 지역이 전 세계의 3분의 1이나 되며 학교에 다니지 못하는 어린이들도 1억 명 이상이라고 한다. 아프리카 어린이 6명 중 한 명은 5살을 넘기지 못하고 세상을 떠난다.

안젤리나는 책에서 유엔 사절단의 일에 참여하면서 느끼고 배운 점들이 얼마나 그녀의 삶을 '변화시켰는지'에 대해서도 이야기했다. 또한 안젤리나는 "살면서 이번 여행에 참가하게 된 것에 대해 정말 감사하며, 놀라운 분들과의 만남과 소중한 경험에 대해 감사하게 생각한다."고 밝혔다.

친선대사가 되다

안젤리나는 인도주의적 자선 활동을 위해 삶을 헌신하는 사람들을 전부터 존경하고 있었지만 매덕스를 입양한 이후 그 존경심이 더욱 커졌다고 한다. "가족과 함께 갈 수 없는 지역에 발령받은 유엔난민고등판무관 직원들이 어떻게 일을 하는지 생각하면 정말 놀라지 않을 수 없어요. 자식들을 몇 달 동안 보지 못하기도 하거든요. 업무에 관해 그들에게 물으면 대단히 힘들다고 말할 거예요. 물론 모두가 가족 사진을 갖고 있지요. 하지만 그들의 도움을 필요로 하는 사람들과 난민들 중에는 자기 자식들을 잃어버린 경우도 많아요. 그러니 유엔난민고등판무관 직원들은 최소한 자기 가족이 안전하다는 사실만으로도 감사하게 생각하죠.”

아기 매덕스와 떨어져 지내는 게 굉장히 힘들긴 했지만, 안젤리나의 노고는 헛되지 않았고, 2001년 8월 안젤리나는 유엔의 친선대사로 임명받았다.

유엔의 난민기구 고등판무관 루드 루버스는 안젤리나 졸리의 공로에 대해 찬사 이외는 할 말이 없다고 했다. 그는 안젤리나의 책 서문에서 이렇게 밝혔다. “우리가 할 일은 엄청나다. 전 세계에 이 문제에 관심을 가진 많은 개인들의 헌신적인 후원이 없다면 절대 할 수 없는 일이다. 난민 문제에 관심을 가진 최고의 후원자는 바로 안젤리나 졸리이다. 친선대사로 임명된 이후 안젤리나의 헌신적인 성과는 내 기대 이상이다. 전 세계 난민 문제의 해결책을 찾기 위한 우리의 노력에 안젤리나가 훌륭한 동반자이며 진정한 동료임이 증명되었다. 개인적으로 사재를 아끼지 않은 안젤리나 졸리의 기부와 진실한 온정의 손길은 우리 모두에게 큰 감명을 주었다.”

유엔난민고등판무관 직원인 새넌 보이드는, 안젤리나가 위험한 국가를 방문할 때 여행이 안전한지 여부를 물은 적이 한 번도 없었고, 할리우드 스타처럼 무언가를 요구하는 소리도 전혀 들어 본 적이 없다고 했다. “불편하거나 위험한 상황에 대해 불평 한 마디 하지 않았어요. 굉장히 힘든 일을 겪어야 할 때도 말이에요. 난민들을 만날 때마다 아주 쉽게 친해졌고요. 난민들은 안젤리나가 분명 자신들을 도와주리라 믿는 것 같았어요. 그래서 전 세계 난민촌에서 아기의 이름으로 안젤리나의 이름을 따서 짓는 경우가 많답니다.”

여전사에서 존경받을 만한 박애주의자로

친선대사 외에도, 안젤리나는 2003년 ‘유엔 기자협회’에서 수여하는 ‘세계시민상’을 처음으로 수상했다. 또한 2005년에는 ‘UNA-USA’로부터 ‘세계인도주의자상’을 수상했다. 또 같은 해 캄보디아 산림 보호를 위해 노력한 공로를 인정받아 ‘캄보디아 시민권’을 수여받기도 했다.

2002년 6월 에콰도르 방문은 안젤리나의 네 번째 여행이었고 또 일기에 기록한 여행 중 마지막 여행이었다. 책 끝부분에서 안젤리나는 자신이 자선 활동에 헌신하게 된 원인에 대해 다음과 같이 기술했다

“유엔 헌장은 ‘우리 사람들’이라는 표현으로 시작한다. 이는 내가 읽은 표현 중 가장 아름다운 표현 중 하나이다. 이 말은, 삶은 함께 영위하는 것이며 세상의 모든 사람들은 역사와 문화를 함께 보호하고, 서로에게서 배운다는 뜻이다. 난민들은 우리와 똑같이 가족을 이룬 사람들이다. 그러나 그

두 번째 열정,
끊임없이 자신을 변화시켜라!

2004년 6월, 안젤리나 졸리가 '포럼 피스 캠프(Forum Peace Camp)'에서 온 30명의 아이들과 함께 '세계 난민의 날'을 알리기 위한 행사의 일환으로 준비된 그물에 아이들이 직접 만든 행운의 부적을 걸고 있다.

들에게는 우리가 가진 자유가 없다. 그들의 인권은 침해당하고 있다."

안젤리나는 자해를 일삼고 자살 충동에 시달리던 사람이었다. 하지만 오늘날 그녀는 자신이 '쓸모 있는' 사람이라는 사실을 깨닫고 인권 보호를 위해 전 세계적으로 끊임없이 캠페인을 벌이는 인도주의자가 되었다.

또한 수년 동안 수백만 달러를 자신이 중요하다고 생각한 여러 가지 대의를 이루기 위해 기부하고 있다. 그 기부금은 탈레반으로부터 도망친 아프가니스탄 난민과 캄보디아의 가난에 찌든 농부들, 에티오피아의 에이즈 치료 사업, 서부 사하라 지역의 오랜 분쟁으로 인한 피해자들 그리고 밀레니엄 프로젝트를 위해 쓰이고 있다. 특히 밀레니엄 프로젝트는 2015년까지 전 세계적으로 빈곤층을 반으로 줄인다는 목표를 세우고 있다. 2001년 이후 수입의 3분의 1을 자선 사업에 기부하고 있는 안젤리나는 이렇게 말했다. "자동차 세 대, 집 두 채가 필요하다는 이유로 일 년 내내 돈을 벌어서 그냥 손에 쥐고 있는 건 말도 안 됩니다. 바보 같은 짓이에요. 가능한 한 많은 재산을 좋은 일에 써야 합니다."

비즈니스 잡지인 《워스(worth)》에서 정한 전 세계의 가장 영향력 있는 25명의 박애주의자 명단에 오른 안젤리나는 경제적인 기부 외에도, 몇 가지 문제에 대해 끊임없이 세계적인 관심을 불러일으키고자 노력하고 있다. 이는 단순히 펜을 들고 수표에 서명하는 것 이상의 노력이 요구되는 일이다.

안젤리나는 두 재단을 창설했다. 하나는 '매덕스 구제 프로젝트(Maddox Relief Project)'로 캄보디아 문제를 다루는 재단이고, 또 하나는 '졸리 재단(Jolie Foundation)'으로 고아 어린이를 돕는 재단이다.

또한 2005년에 안젤리나는 세 가지 다큐멘터리를 제작했다. 두 프로그램은 MTV에서 제작했는데 그중 하나는 〈안젤리나 졸리와 제프리 D 삭스 박사의 일기(The Diary of Angelina Jolie and Dr Jeffrey D Sachs)〉라는 제목의 다큐멘터리이다. 삭스 박사는 전 유엔 사무총장 코피 아난의 부관으로 밀레니엄 프로젝트의 후원자였다. 다큐멘터리를 보는 시청자들은 케냐의 사우리 지역 마을을 여행하는 삭스 박사와 안젤리나를 따라 동네 사람들을 만나면서 영양실조와 물 부족, 허술한 건강 관리의 실태를 직접 확인할 수 있었다. 안젤리나가 출연한 또 다른 다큐멘터리는 〈비인간적인 거래(Inhuman Traffic)〉라는 제목의 프로그램이다. 이는 유럽의 성매매를 집중적으로 조명한 다큐멘터리이다. 안젤리나는 이 다큐멘터리를 통해 '여성과 어린 소녀들이 자신의 권한을 깨닫게 되기를' 기대했다.

안젤리나 졸리, 세 가지 열정

다음으로 안젤리나가 출연한 다큐멘터리는 〈세상에서의 한순간(A Moment In The World)〉이라는 프로그램으로 전 세계에서 동시에 일어나는 여러 사건과 장면을 무작위로 3분씩 보여 주는 다큐멘터리이다. 이는 안젤리나가 캄보디아에 있을 때 생각해 낸 아이디어를 기초로 제작되었다. 안젤리나가 캄보디아를 떠나기 전, 24시간 후에 자신은 LA의 사치스러운 생활로 돌아가지만 캄보디아 사람들은 같은 시간에 지뢰의 두려움 속에서 살아야 한다는 사실을 깨달았는데, 그때 떠오른 아이디어인 것이다.

십 년 전만 해도 사람들은 앞에 서술한 일들을 안젤리나가 해낼 것이라고 생각하지 않았을 것이다. 그녀는 그 십 년 남짓 넘는 세월 동안 할리우드의 반항아에서 강인하고 섹시한 여전사로 그리고 다시 세계의 존경받는 박애주의자로 끊임없이 자기 변화를 이루어 왔다. 이렇듯 그녀만의 강렬한 열정은 세계의 여성들에게 귀감이 되기에 충분하다.

어머니가 되고,
세계를 품에 안고

" 세상에는 부모를 잃은 아이들이 너무 많아요.
더 많은 사람들이 입양을 진지하게 고려해야 해요.
저는 불쌍한 아이들의 세상이 좀 더 아름다워지도록
제가 부족한 점을 채워 줄 수 있고,
또 어머니로서 헌신적인 사랑을 줄 수 있다고 생각해요. "

2001년 안젤리나는 자선 활동에 몰두하면서도 동시에 또 다른 계획을 마음에 품고 있었다. 인생에서 중대한 변화를 시도할 알맞은 때가 다가왔다고 확신했기 때문이다. 안젤리나가 말하는 그때란 바로 어머니가 되는 시기를 의미했다.

그녀는 입양할 아이를 가난한 나라에서 데려오길 원했다. 그동안 그런 나라들의 난민들을 살펴보며 그 어떤 나라의 아이들보다 그 지역에 살고 있는 아이들이 도움이 절실하다는 것을 알았기 때문이다.

또한 안젤리나는 아버지와 떨어져 편모슬하에서 자랐기 때문에 부모 없는 아이들을 보면 더욱 안타까워했다. 할 수만 있다면 그 아이들 모두에게 엄마가 되어 주고 싶었다.

아이들 입양은 캄보디아에서부터 시작되었다. 그녀는 캄보디아에서 〈툼 레이더〉를 찍으면서 캄보디아의 슬픈 역사와 사회적 문제에 맞닥뜨렸고, 그 속에서 아픈 역사를 보듬으며 순박하게 살고 있는 캄보디아 국민들을 사랑하게 되었다. 그래서 입양할 첫 아이는 자신의 새로운 눈을 뜨게 해준 나라인 캄보디아의 아이로 결정하고 싶었다.

첫 아들 매덕스를 만나다

안젤리나는 캄보디아에서 아이를 입양하기 위해 복잡한 입양 절차와 수속을 거쳐야 했다. 관계 당국과 인터뷰도 했고, 입양할 아이를 만나기 위해 여러 고아원을 돌아다녔다. 이 과정에서 안젤리나는 단 한 명의 아이를 돕는 것만으로는 자선의 의지를 충족시킬 수 없다는 듯 캄보디아의 또 다른 어린이들을 위해 기부를 결심했다. 안젤리나는 그런 심정을 다음과 같이 밝혔다.

"매덕스를 입양하기 전에 저는 캄보디아의 모든 고아 어린이들을 경제적으로 돕고 싶었어요. 아이들을 전부 저희 집으로 데려올 수는 없지만, 더 많은 아이들의 생활을 조금 더 낫게 만들 수는 있었으니까요. 나이가 많아서 입양되지 못하는 아이들을 후원하기로 했죠. 죽어 가는 캄보디아의 한 어린 아이를 처음 봤을 때 저는 모든 고아들이 겪는 문제를 제가 다 해결하고, 그 아이도 비행기에 태워서 집에 데려가려고 했어요. 하지만 그 아이는 그 지역에 사는 궁핍한 고아 2만 명 중 단 한 명에 불과했어요. 정말 슬픈 현실이 아닐 수 없습니다."

매덕스는 2001년 8월 5일에 태어났다. 2001년 11월, 안젤리나가 빌리 밥과 캄보디아에 갔을 당시를 그녀는 이렇게 회상했다. "입양 부모 자격을 승인받은 후 저는 단 한 군데의 고아원만 방문할 생각이었어요. 나머지는 운명에 맡겼죠. 고아원에는 15명 정

안젤리나 졸리, 세 가지 열정

도의 아이들이 있었는데, 매덕스는 제가 만난 마지막 아이였어요. 자고 있던 매덕스는 제가 품에 안아 들자 눈을 떴어요. 그리고 제 눈을 빤히 바라보았지요. 매덕스의 눈을 보고 있자니 눈물이 저절로 흐르더군요. 반면에 매덕스는 저를 보며 미소를 지었어요. 그렇게 결정된 거예요. 그때 매덕스는 생후 3개월이었는데, 고아원에서 에이즈와 간염 검사 결과를 기다리는 중이었지요. 다행히 건강하다는 결과를 통보받았어요. 설령 결과가 좋지 않았더라도 저는 매덕스를 아들로 입양했을 거예요."

살면서 항상 아웃사이더라는 느낌으로 생활했던 안젤리나는 매덕스를 만난 순간 모든 두려움이 사라지는 느낌이었다고 한다. 안젤리나는 어떻게 하면 좋은 엄마가 될 수 있는지 늘 고민하였다. 그리고 자신이 아이들을 키울 자격이 없다거나 행복하게 해줄 수 없을 거라는 주위 사람들의 시선 때문에 힘들기도 했다고 한다. 그도 그럴 것이 안젤리나는 그때까지도 문제점이 많고 음울한 사람이라고 여기는 사람들이 많았기 때문이다.

그러나 어린 매덕스는 어떤 표현으로도 안젤리나를 비난하지 않았다. 아기가 자신을 엄마로 받아들이고, 무조건적으로 자신을 사랑하고 의지한다는 사실은 그녀에게 큰 도움이 되었다. 안젤리나는 매덕스로 인해 긍정적이고 강한 그리고 완벽하기까지 한 자신을 느낄 수 있었다.

두 번째 열정,
끊임없이 자신을 변화시켜라!

안젤리나가 맡은 여러 가지 역할 중 가장 중요한 역할은 바로 어머니였고, 따라서 매덕스를 입양한 순간부터 그녀는 뒤를 돌아보지 않았다. 그제야 왜 자신이 계속 삶을 영위해야 하는지 목적과 의미가 생겼기 때문이다. 안젤리나가 열심히 살아야 할 목적과 의미는 바로 '양육'이었다.

안됐지만 안젤리나의 어머니 역할이 문을 열 즈음, 빌리 밥의 마음의 문은 서서히 닫히고 있었다. 받아들이기 힘들었지만 안젤리나 혼자서 매덕스를 키워야 했다. 입양 마지막 단계가 끝나자 당국은 5월 8일, 안젤리나에게 매덕스를 데려가도 좋다고 허락했다. 당시 그녀는 아프리카에서 클라이브 오웬과 함께 〈머나먼 사랑〉이라는 영화를 촬영하고 있었다. 그래서 매덕스는 아프리카에서 처음 새엄마의 품에 안겼다.

매덕스가 조국을 잊지 않게 하기 위해

안젤리나와 매덕스 모두의 삶에서 캄보디아라는 국가는 매우 중요한 부분을 차지했다. 안젤리나는 캄보디아에 뿌리를 내리고 싶어했기 때문에, 매덕스의 의사와는 상관없이 정기적으로 매덕스의 고향 캄보디아를 찾았다. "만약 매덕스가 19살이 되었을 때 캄보디아와 자신은 아무 상관이 없다고 말한다면, 아마 저와 크게 싸우게 될 거예요. 캄보디아는 매덕스 운명의 일부분이기 때문이

안젤리나 졸리, 세 가지 열정

에요. 저는 이에 대해서는 제 주장을 굽히지 않을 거예요."

안젤리나는 캄보디아 북부에 수상 가옥 형식으로 방 두 개짜리의 수수한 집을 지었다. 이 집은 빌리 밥과 함께 생활하던 화려한 LA 저택과 비교하면 초라하기 짝이 없었지만, 그래도 매덕스에게 고향에 대한 애착을 느끼게 해줄 수 있을 것 같았다. 안젤리나는 그만큼 매덕스가 캄보디아를 사랑하기를 간절히 원했다.

캄보디아의 집은, 매덕스가 캄보디아에 마음을 둘 수 있는 고향 집인 동시에 미국에서는 매일 상대해야 하는 대중매체의 시선에서 벗어날 수 있는 엄마와 아들만의 비밀 장소이기도 했다. 그래서 안젤리나는 캄보디아 집을 소중히 여겼다. 삼롯이라는 지역에 위치한 그녀의 집은 선교사들과 봉사자들이 가끔 찾긴 했지만 상당히 외진 지역이라 관광객들이 몰리는 곳은 아니었다. 사실 너무 외딴 동네라서 그 집에 가려면 큰 길에서 벗어나 비포장도로로 30분을 운전해야 했고, 중간에 광산까지 통과해야 했다. 그런 외딴 지역에서의 생활이 위험할 수도 있다는 건 안젤리나도 잘 알고 있었지만, 매덕스에게 조국에 대해 알리고 싶은 그녀의 마음이 더 우선하였다. "캄보디아는 매덕스의 조국이에요. 매덕스는 고국의 문화를 배우고 즐길 권리가 있어요. 고국의 유산에 대해 배우고, 캄보디아에서 어떤 일이 벌어지고 있는지 아는 건 매덕스에게 대단히 중요해요."

두 번째 열정,
끊임없이 자신을 변화시켜라!

주변 지역 이웃들과 친하게 지내고 싶던 안젤리나는 어떤 식으로든 이웃을 돕고 싶었다. 이웃들 대부분은 지뢰 때문에 손이나 발이 잘린 장애인들로 거의 다 게릴라 전투원들이었다. 그 지역 주민 중 한 사람은 이렇게 증언했다. "처음에 안젤리나는 그 집을 사들인 후 소 몇 마리를 사서 이웃들에게 선물했습니다. 소가 있으면 우유를 짜서 먹을 수 있기 때문에 그보다 좋은 선물은 없었지요. 또 많은 이웃들의 집을 새 집으로 고쳐 주기도 했어요. 이 지역에 사는 캄보디아 사람들 중에 안젤리나처럼 이웃을 대한 전설적인 인물은 지금까지 없었습니다."

안젤리나는 지역 이웃들에게 경제적으로 도움을 제공할 수 있는 다른 방법도 알고 있었다. 그래서 주변의 자연 산림 보호를 위한 기금으로 무려 85만 파운드를 기부했고, 덕분에 수천, 수만 에이커의 산림이 보호될 수 있었다. 그렇기에 동네 사람들은 안젤리나가 자기 동네에 이사 온 걸 대단히 환영하였다. 크메르 루주 군인으로 지뢰 때문에 한쪽 다리를 잃은 이웃 주민은 이렇게 말했다. "안젤리나가 삼롯을 사랑하고 이 지역에 큰 도움을 주어 기쁘게 생각합니다. 많은 돈을 기부했고 야생을 보존하는 데에도 도움을 주었어요."

이웃 중에 영어를 아는 사람은 많지 않았는데, 안젤리나는 매덕스가 고국의 언어인 '크메르어'를 배우기를 원했다. 그래서 안젤리나 자신도 캄보디아 말을 배우고 싶었지만, 말처럼 쉽지 않았다. "캄보디아 언어인 크메르어는 정말 어려워요. 하지만 매덕스에게 몇 가지 단어라도 가르치려고 노력 중이에요. 캄보디아어에는 모음이 무려 27가지 정도 있다는 사실을 듣고 저는 기겁했죠. 하지만 언젠가 저도 배우고 싶어요."

안젤리나는, 아들 매덕스가 조국 캄보디아를 잊지 않게 하려는 노력과 함께 배우라는 엄마의 직업을 이해시키기 위한 노력도 같이하리라 다짐하였다. 그녀는 배우라는 직업이 평범한 직업이 아니며 모든 사람들이 엄마처럼 사치를 누리며 살 수 있는 건 아니라는 걸 아들이 잘 이해하길 바랐다. "저는 유엔 사절단 여행 때 아들을 데려갈 생각이에요. 그래야 현실에 대한 진정한 균형 감각을 익힐 수 있으니까요. 그렇게 되면 자신의 조국이 얼마나 힘든 역사와 문제를 안고 살았는지도 자연스럽게 이해하게 될 거예요. 그리고 좀 유별난 직업에 해당하는 배우라는 직업이 큰 돈을 벌 수 있는 직업이어서 저 덕분에 매덕스가 다른 아이들보다 사치스럽게 살 수 있을테지만, 힘겹게 살고 있는 아이들이 세상엔 너무나 많다는 것도 사절단 여행을 통해 알려 주고 싶어요."

매덕스를 지켜 내다

아들 매덕스와 안젤리나가 더 없이 행복한 삶을 살고 있던 중,

2003년 말, 그녀의 행복에 위협이 가해진 극적인 두 가지 사건이
발생했다. 첫 번째 사건은 10월, 유엔과 함께 체첸 공화국을 방문
하기로 했을 때 발생했다. 그때 안젤리나는 매덕스와 함께 갈 예
정이었는데, 아들이 납치 대상이 될 수 있다는 사실을 깨닫고 크
게 걱정했다. 안젤리나는 당시의 두려웠던 감정을 숨기지 않았다.
"그때 저에게 아들을 데려오지 말라는 통보가 왔어요. 극단주의자
가 매덕스에게 해를 가할 수도 있다는 이유에서였지요. 결국 저는
아들을 데려갈 수 없었어요."

이후 12월에 안젤리나는 두 번째로 매덕스를 잃을 위험에 처했
다. 안젤리나가 매덕스를 입양할 때 거쳤던 입양 사무소의 경영자
가 경찰 조사를 받았는데, 그 결과 불법 혐의가 드러났던 것이다.
그래서 책임자였던 사람은 자금 세탁과 비자 사기 혐의로 18개월
간 투옥을 선고받았다. 하지만 안젤리나의 경우, 입양이 인도주의
적인 목적으로 이루어졌으며 부를 축적하기 위한 목적이 아니었
고, 게다가 입양아의 부모에게 돈이 지급되었다는 사실을 안젤리
나가 알았다는 증거도 없었기 때문에 가벼운 형이 선고되었다.

투옥된 입양 사무소의 책임자는 '시애틀 국제 입양'이라는 단체
를 설립하고 2001년까지 캄보디아의 어린이 수백 명을 미국인 입
양 부모와 연결시켜 주었다. 이후 FBI 조사로 '돈을 벌기 위한 아
기 암시장 거래' 문제가 사회적인 이슈로 떠올랐는데, 밝혀진 바

안젤리나 졸리, 세 가지 열정

에 의하면 그 입양 사무소 책임자는 아기 입양을 원하는 미국인들에게 최고 1만 달러에 달하는 수수료를 챙기고, 가난에 찌든 캄보디아의 어머니들에게는 아기를 내주는 대가로 적게는 100달러의 돈을 주었다고 했다. FBI 대변인은 이렇게 발표했다. "우리는 입양된 몇몇 아기들의 경우 고아가 아니라 가난한 부모로부터 푼돈을 주고 산 아기라는 사실을 입증했습니다. 어머니들은 100달러의 돈을 받았고, 그중 일부는 아기의 유모로 가장한 경우도 있는 것으로 밝혀졌습니다."

그래서 예외 없이 안젤리나도 매덕스를 입양한 과정을 조사받게 되었다. 안젤리나는 세 살배기 아들을 지키기 위한 대규모 법적 투쟁을 준비하며 2003년 성탄절을 보내야 했다. 그리고 아들을 지킬 수만 있다면 어떤 일도 불사하리라 결심했다. 물론 안젤리나의 머릿속은 근심과 걱정으로 가득했지만 정신을 똑바로 차리려고 노력했다. 이 사건은 단순히 매덕스뿐만 아니라 입양된 아기들과 부모들 모두가 관련된 문제였기 때문에 꽤 큰 문제라고 할 수 있었다.

안젤리나는 아들을 포기하는 상황이 일어나서는 절대 안 된다고 생각했고, 그래서 이 문제에 관해 다음과 같이 단호하게 대답했다. "무슨 일이 있어도 절대 제 아들을 되돌려 주지 않을 거예요." 안젤리나는 딱 잘라 말했다. "저는 매덕스의 가족이고, 저는 매덕스를 사랑해요. 매덕스는 제 친아들이나 다름없어요." 안젤리나는 매덕스를 캄보디아의 생모에게 돌려주지 않을 수만 있다면 무슨 짓이든 하겠다는 뜻을 분명히 했다. "저는 생모에게서 아기를 빼앗은 게 아니에요. 물론 생부모가 살아 있다면 마음이 아프겠죠. 그건 이해해요. 만약 살아 있다면 저도 만나고 싶고, 또 매덕스가 부모를 만날 수 있게 해주겠어요. 하지만 매덕스의 부모 중 한 사람이라도 아직 살아 있다는 증거는 없어요." 사실 이전의 인터뷰에서 안젤리나는 매덕스의 부모가 지뢰로 인해 사망했을 가능성이 높다고 언급한 적이 있었다.

투옥된 입양 사무소의 책임자는 안젤리나의 입장을 변호하고자 '고아'라는 표현의 불명확한 정의가 문제의 원인이었다고 설명했다. "미국인들과 캄보디아인들은 5만 명의 고아에 대해 다른 정의를 내립니다. 미국 관리들은 양쪽 부모가 다 사망해야 고아라고 하지만, 캄보디아에서는 부모가 아이를 포기하거나, 부모가 사라졌을 때에도 고아라고 생각합니다. 가난한 나라에서는 다들 이런 식으로 고아를 정의합니다."라고 말하였다.

마침내 검사가 문제가 있는 입양 사무소를 통해 입양된 모든 아동의 경우, 현재 입양 상태를 변경하지 않겠다고 결정했을 때, 그제야 안젤리나는 안도의 숨을 내쉴 수 있었다. 이 사건 이후 안젤리나와 아들의 관계는 더욱 애틋해졌다. 그녀는 매덕스와 함께할 수만 있다면 '단숨에' 캄보디아로 이사 가서 '영원히' 캄보디아에서 살겠다고 말하기도 했다. 또 이런 말도 했다. "매덕스가 없는 생활은 숨을 쉬지 않는 생활과 같아요. 상상할 수도 없어요."

2003년의 대소동으로 안젤리나가 대단히 놀란 건 사실이지만, 그렇다고 입양에 대한 기존의 생각까지 바뀌지는 않았다. 유명한 엄마를 둔 아이들이 납치 등 위험한 문제에 빠질 수도 있었지만 안젤리나는 여전히 입양을 멈추지 않겠다고 생각했고, 그 아이들을 온몸으로 지켜 낼 자신도 있었다.

매덕스는 안젤리나의 수많은 입양 자녀 중 첫째 아이가 되리라는 건 확실했다. 그녀에게 배우자가 있든 없든 간에 그건 입양과는 상관이 없었다. 안젤리나에게 입양이란 세상을 좀 더 아름답게 지켜 나가는 일과 같았다.

"세상에는 부모를 잃은 아이들이 너무 많아요. 더 많은 사람들이 입양을 진지하게 고려해야 해요. 저는 불쌍한 아이들의 세상이 좀 더 아름다워지도록 제가 부족한 점을 채워 줄 수 있고, 또 어머니로서 헌신적인 사랑을 줄 수 있다고 생각해요."

에티오피아에서 자하라를 만나다

2005년 7월 6일, 새로운 만남을 갖게 된 브래드 피트와 안젤리나 그리고 매덕스는 입양을 위해 에티오피아의 수도인 아디스아 바바를 방문했다. 그곳에서 안젤리나의 두 번째 입양 딸이 될 자하라 말리 졸리-피트를 만날 수 있었다. 안젤리나는 전부터 매덕스의 동생을 더 입양하고 싶다는 소망을 여러 번 밝혔지만, 두 번째 입양은 공개적으로 밝히지 않고 조용히 진행했다.

2005년 1월 8일에 태어난 자하라는 '에이즈 고아'였다. 어머니는 22살의 나이에 에이즈로 사망했고, 아버지는 누구인지 알려지지 않았다. 안젤리나는 원래 러시아 아이를 입양하려고 하였지만 관심을 에티오피아로 돌렸다. 매덕스의 경우처럼 이번에도 안젤리나는 자하라를 보자마자 첫눈에 입양 딸로 지목했다.

자하라는 전기도 들어오지 않는 방 한 칸짜리 오두막에 할머니 그리고 이모 두 명과 함께 살고 있었다. 안젤리나는 자하라를 만나자마자 곧바로 자기 집으로 데려가고 싶어할 만큼 자하라에게 빠져들었다. '자하라'라는 이름은 히브리어에 어원을 두고 있는데 '꽃'이라는 뜻이다. '말리'라는 이름은 지금은 고인이 된, 자메이카 출신 레게 스타인 밥 말리(Bob Marley)의 이름에서 따온 것이다.

어느 작은 흑인 여자 아이의 엄마가 될 안젤리나와 귀여운 여동생이 생길 매덕스에게 이때 또 한 명의 소중한 사람이 동행을 했다. 그 사람이 바로 브래드 피트이다. 자하라를 입양하기 위해 떠

안젤리나 졸리, 세 가지 열정

난 여행에 브래드가 함께 갔다는 사실은 두 사람이 장기적으로 미래를 함께 설계하고 있다는 증거로 충분했다. 세상 사람들 앞에서는 이제 막 연인 관계가 시작되었을 뿐이라고 말하던 시기였지만 말이다.

안젤리나는 이때를 회상하며 다음과 같은 재미있는 말을 했다. "자하라를 입양하던 당시, 브래드와 저는 연인임을 부인해야 한다는 강박관념에 오랫동안 시달린 상태였어요. 입양 절차에 따라 가정을 조사하는데 담당 조사원이 저희에게 이렇게 물었죠. '두 분이 함께 지내신 지 얼마나 되었나요? 두 분의 관계를 설명하실 수 있나요?' 그 조사원은 기자도 아니었고 직업상 해야 할 질문을 했을 뿐이었어요. 그런데 저희들은 괜히 긴장이 되었고, 불안해졌죠. 저는 질문에 제대로 대답을 하지 못하고, 바보 같은 표정으로 이렇게 말했어요. '무슨 말씀이시죠? 저희는 그러니까…… 그런 관계가 아니고…… 한 번도 그런 적이 없으니까……'라면서 어떻게 대답해야 좋을지 몰랐죠."

입양 절차를 밟을 때 잔뜩 긴장하여 불안감도 느꼈다고는 하지만 안젤리나는 다음에 남자를 사귈 때는 입양에 대한 자신의 꿈을 이해하는 남자를 선택하겠다는 생각을 그전부터 명확히 밝혀 오던 터였다. "남자를 만나서 함께 살게 된다면, 제 아들을 자기 친아들처럼 사랑해 주는 남자 그리고 입양을 이해해 주는 남자여야

두 번째 열정,
끊임없이 자신을 변화시켜라!

해요.” 그 남자가 되어 준 사람이 바로 할리우드 최고의 남자 배우인 브래드 피트인 것이다.

너무도 작고 여린 딸을 위해

안젤리나는 기쁜 마음으로 자하라를 미국에 데려왔지만, 얼마 후 6개월 된 어린 딸은 엄마에게 큰 근심이 되었다. 미국에 도착한 직후, 안젤리나는 딸의 건강에 문제가 있다는 걸 깨닫게 된다. 에티오피아에서 음식을 충분히 섭취하지 않았기 때문에 자하라의 몸 상태는 극도로 약해져 있었다. 안젤리나의 말에 의하면 자하라는 생후 6개월이었지만 몸무게가 9파운드(약 4kg)도 채 되지 않을 만큼 말랐고, 살갗을 살짝 집어 들면 피부끼리 붙을 정도로 뼈만 남은 상태였다고 한다.

안젤리나는 당장 의사를 찾아갔고, 자하라는 병원 응급실에 입원하게 됐다. 자하라는 병원에서 일주일간 탈수 증세와 영양실조 그리고 살모넬라 감염 치료를 받아야 했다. 헌신적인 어머니 안젤리나는 밤낮으로 딸의 침대 곁을 지키며 어린 자하라가 하루빨리 살이 오르고 병에서 회복되기를 간절히 기도했다.

자하라를 치료한 담당 의사는 자하라가 생모의 사망 이후 버림받았다는 느낌을 받았으며, 완전하고 무조건적인 사랑과 보호를 받지 못해 우울증을 겪고 있다고 했다. 그래서 어머니와 딸 사이에 친근한 관계를 형성하는 것이 지금 자하라에게 가장 필요한 일이라고 권고해 주었다.

담당 의사는 자하라의 양어머니 안젤리나에 대해 이렇게 말했다. "자하라는 지금 안젤리나와 완전한 유대감을 형성했어요. 두 사람은 하나라고 할 수 있을 만큼 서로를 사랑하고 있습니다."

안젤리나는 얼마 후 자하라의 상태가 호전되고 몸무게가 늘자 안도의 숨을 내쉬었다. 그래서 브래드와 안젤리나는 살이 오른 자하라를 사랑스러운 눈으로 보며 '토실이'라는 별명을 붙여 주기도 했다.

안됐지만 자하라의 건강만이 당시 안젤리나가 안고 있던 문제는 아니었다. 자하라를 입양한 지 얼마 후 입양 소식이 세상에 전해지면서 몇 명의 여성들이 자기가 자하라의 생모 또는 할머니라고 주장했다. 매덕스 입양 때 겪던 사건과 비슷한 일이 또 터지자, 안젤리나는 자하라의 입양 과정이 법적으로 하자가 없는지 오랫동안 인내하며 조사해야 했다.

자하라를 통해 아동 교육 문제를 돕게 되다

샤일로를 낳을 출산일이 다가오자 안젤리나는 더 이상 영화 촬영은 하지 않았지만 자선 활동은 계속하겠다고 고집을 피웠다. 그리고 그녀가 진심으로 걱정하는 문제에 대해 세상이 인식하고 각성하도록 만들기 위해, 다시 한 번 할리우드 유명 연예인이라는 자신의 지위를 이용했다. 안젤리나는 4월에 NBC 뉴스의 앵커 앤 커리의 인터뷰에 응했다. 하지만 이번에는 안젤리나와 브래드, 아이들이 휴가를 보내던 아프리카 나미비아에서 인터뷰가 이루어졌다. 앤 커리는 나미비아를 찾아가 안젤리나에게 이번에 맡은 임무에 대해 물었다. 그리고 전 세계적으로 전쟁이나 교육 기회의 부족, 가난에 찌들어서 학교에 다니지 못하는 1억 명 이상의 어린이들의 처우 개선 문제에 대해 물었다.

안젤리나는 2015년까지 전 세계 모든 어린이들이 최소한 5학년까지의 교육을 받을 수 있게 한다는 게 궁극적인 목표라고 대답했다. 그녀의 마음에 특히 강하게 와 닿은 문제가 바로 아동 교육 문제였다. 자하라 역시 교육을 받지 못하고 자라야 하는 수많은 어린이들 중 한 명이 될 뻔했기 때문이었다. 안젤리나는 다음과 같이 증언했다.

"자하라가 태어난 나라에서는 매년 600만 명의 어린이들이 학교에 가지 못하고 있어요. 자하라의 어머니는 에이즈로 사망했고, 가족 중 자하라가 학교에 갈 수 있도록 교육비를 내줄 수 있는 사람은 없었어요. 제 딸이 있던 곳에서는 어린 아이들이 학교에 다닐 수 있는 방법도, 가능성도 없었죠. 하지만 제 딸은 명석하고 강한 아이예요. 나중에 성인이 되었을 때 자하라가 어떤 인물이 될

안젤리나 졸리, 세 가지 열정

지 그 가능성은 무궁무진해요. 왜냐하면 지금 제 딸로 있으니까요. 저는 자하라가 배우고 싶은 만큼 아이에게 제대로 된 교육을 할 작정이에요."

안젤리나는 전부터 매덕스가 자신의 조국인 캄보디아를 잊지 않도록 키우겠다는 말을 해왔는데, 자하라 역시 마찬가지로 조국 에티오피아를 잊지 않고 사랑하는 아이로 키우겠다고 말했다. 또한 자하라가 어른이 되면 에티오피아와 아프리카 대륙에서 왕성하게 활동할 수 있기를 희망했다. 자하라는 좋은 교육을 받을 테니까 에티오피아에서 자란 다른 아이들보다 훨씬 더 많은 일을 할 수 있을 거라 생각한 것이다.

사랑하는 사람의 가치관도 변화시키다

"안젤리나는 매력적일 뿐만 아니라 불쌍한 사람들을 진심으로
사랑하고 돌보는 여자야. 그렇게 마음이 따뜻한 사람은 처음 봤어.
안젤리나 덕분에 나는 삶의 중요한 의미가 무엇인지 생각해 보게 되었
지. 영화를 찍거나 잡지 사진을 찍는 게 가장 중요한 건 아니었어."

제니퍼 애니스톤은 안젤리나가 브래드 피트의 가치관까지 바꿀 정도로 영향을 크게 미친다는 것을 알고, 그 사실 때문에 더욱더 괴로워했다고 한다. 자신은 브래드에게 그런 영향력을 미친 적도 없고, 한 남자의 인생을 바꿀 정도로 변화를 불러일으킨 적도 없었기 때문이다. 그만큼 안젤리나를 향한 브래드의 사랑이 깊다는 것도 증명해 주는 점이기 때문에 제니퍼가 마음 아파할 만한 주요 이유가 될 수 있는 것이다.

실제로 브래드는 안젤리나의 인도주의적인 봉사 활동에 크게 감동을 받았고 그로 인해 더욱 사랑이 깊어졌다고 한다. 그래서 정치에 전혀 관심이 없던 브래드도 점차 사회 문제에 관심을 갖게 됐고, 전에 없이 자상한 남자로 변화하게 된 것이다.

또 다른 박애주의자 브래드 피트의 재탄생

브래드 피트의 친구인 제임스 크루즈 역시 브래드가 당시 안젤리나에게 깊게 빠져 있었다고 확인해 주었다. 또한 재미있는 이야기를 하나 더 해주었는데, 앞서 말했던 것처럼 이전에 브래드는 인도주의적 구호 활동이나 정치적인 문제를 진지하게 여기지 않고 자기와는 상관없다는 듯이 웃어넘겼다고 한다.

그렇기 때문에 안젤리나의 자선 활동과 정치 행위가 브래드의 눈엔 대단히 인상적으로 비쳤을 것이다. 안젤리나를 만나기 훨씬 전에 브래드는 이렇게 말했었다. "어느 기자가 저에게 중국이 티베트에 대해 어떤 조치를 취해야 한다고 생각하느냐고 묻더군요. 중국과 티베트에 대한 제 생각을 누가 궁금해한다고 그런 질문을 합니까? 저는 그저 배우일 뿐입니다. 대본을 받아서 그대로 연기하는 배우 말입니다. 기본적으로 제 개성과 생각을 벗어 버리고 대본에 맞게 분장하고 연기하는 사람이죠."

이랬던 브래드 피트가 안젤리나를 만난 시점을 기준으로 확실히 변화되었다는 건 누가 봐도 명백했다. 그럼에도 불구하고 안젤리나는 자신에게서 영향을 받아 브래드가 변했다는 사실을 극구 부인하며 《보그》와의 인터뷰에서 이렇게 말했다. "브래드는 자신이 한 정치적 활동이나 자선 활동에 대해 저에게 말한 적이 없어요. 하지만 저는 브래드가 전부터 그런 문제를 인식하고 있다는 건 알고 있었죠."

이후 브래드는 안젤리나와 함께 자선 활동을 목적으로 케냐를 방문하고, 남아프리카와 에티오피아를 연이어 방문했는데, 그가 여행에 동참한 건 당연히 새 애인인 안젤리나에게서 영감을 받았기 때문이었다.

안젤리나 졸리, 세 가지 열정

브래드가 아프리카의 어린이들과 대화를 나누고 자선 활동을 하는 비디오를 함께 보며 인터뷰를 진행하던 다이앤 소여(미국 ABC 〈굿모닝 아메리카〉 앵커)는 브래드의 애정 관계에 관해 질문했는데, 그는 명확한 답변을 회피하며 오히려 자신의 애정 관계에 대중매체가 왜 관심을 가지는지에 대해 반문했다고 한다. "그런 일에 관심이 집중된다는 게 이상한 거 아닙니까? 제 개인적인 연애사가 생사가 걸린 아프리카의 절박한 문제보다 더 중요한 이슈로 거론되는 건 좀……, 물론 저도 연예계가 그렇다는 건 이해합니다만, 그래도 잘못되었다고 생각합니다."

같은 곳을 바라보는 연인들

브래드 피트는 전에 인도주의적 입장에서 자선 활동을 한 적이 없었다. 그래서 브래드가 좋은 의도에서 실천하는 선행을 두고, 안젤리나에게 잘 보이기 위한 아부 행위이며 안젤리나의 세상에 비집고 들어가기 위한 시도라며 빈정거리는 사람들도 많았다. 안젤리나는 브래드 피트를 잘 모르고 비난한다며 브래드를 옹호하고 나섰다. 다들 브래드 피트가 잘생겼다는 것과 유명한 배우라는 것 그리고 제니퍼와 결혼했었다는 것에만 관심이 있다며, 사실 그는 세계적인 기아 문제가 종식되기를 간절히 원하는 사람이라고 주장했다.

두 번째 열정,
끊임없이 자신을 변화시켜라!

"브래드에 관해서, 그러니까 브래드의 윤리관과 가치관, 인간관계, 그가 걱정하고 돌보길 원하는 일에 대해 사람들은 거의 알지 못해요. 브래드는 굉장히 빈틈없는 사람이에요. 착한 일도 아주 많이 하고, 아버지 역할도 훌륭히 해내는 사람이죠. 그런 브래드의 모습을 보는 건 정말 즐거운 일이에요. 그리고 저와 같은 생각을 가진 누군가와 제가 원하는 일을 함께하고 함께 논의할 수 있다는 사실 자체가 저한테는 정말 하늘이 내려 준 행운인 것 같아요."

남의 말 하기 좋아하는 사람들은 브래드와 안젤리나 사이의 열정이 식으면 두 사람의 관계도 시들해지리라 예상했지만, 오히려 그 반대로 두 사람의 애정은 날이 갈수록 뜨거워지는 듯 보인다. 브래드는 친구인 제임스 크루즈에게 이렇게 말했다고 한다.

"안젤리나는 매력적일 뿐만 아니라 불쌍한 사람들을 진심으로 사랑하고 돌보는 여자야. 그렇게 마음이 따뜻한 사람은 처음 봤어. 안젤리나 덕분에 나는 삶의 중요한 의미가 무엇인지 생각해 보게 되었지. 영화를 찍거나 잡지 사진을 찍는 게 가장 중요한 건 아니었어."

제임스 크루즈도 친구 브래드가 안젤리나에게 빠진 이후 거의 알아보기 힘들 만큼 변했다고 인정했다. "전에 제니퍼와 함께 살 때의 브래드와 지금의 브래드는 완전히 다른 사람입니다."라고 말할 정도였으니까 말이다.

안젤리나 졸리, 세 가지 열정

프랑스 파리에서 회전목마를 타며 입양 아들 매덕스와 즐거운 한때를 보내고 있는 안젤리나 졸리. 다시 어린아이로 돌아간 듯 천진난만한 표정이다. 그녀는 엄마가 된 이후 더욱 밝고 아름다워 보인다.

세 번째 열정

자신만의 아름다움을 추구하라!

> **"** 요즘 전 제가 옛날보다 더 아름다워졌다고 느껴요. 제가 엄마라는 사실이 너무 행복하게 느껴져서 그런 것 같아요. 한밤중에 아이가 흘린 음식으로 몸이 범벅이 된 채 아이를 안고 살살 흔들며 재우는 제 모습은 지지분하고 지친 모습이지만, 전 그때의 제 모습이 제일 아름답다고 생각해요. **"**

그녀에게서만 볼 수 있는 아름다움들

"저는 쇼핑을 잘 안 해요. 매일 같은 옷을 입죠.
구두창과 지퍼를 네 번이나 고치고 갈아 끼운 신발도 있어요.
다른 신발은 안 살 테니까 고칠 수밖에요.
심지어 저는 영화에 출연하기 전까지는
제 브래지어 사이즈도 몰랐어요. "

안젤리나 또래의 여자 아이들은 바비 인형의 머리를 빗으로 빗어 주며 놀거나, 자신의 머리에 리본을 달며 치장하길 좋아했고, 레이스 달린 드레스를 입고 학교를 다녔다. 그리고 귀여운 강아지나 고양이를 애완동물로 키우며 발레리나가 되겠다는 꿈을 가졌다. 그 무렵 안젤리나는 도마뱀이나 뱀 같은 파충류를 키우며, 검정색 옷을 즐겨 입고, 커다란 플라스틱 구두를 신은 채 무덤가를 산책하곤 하였다. 또한 그녀는 흡혈귀나 장의사가 되고 싶다고 생각했으며, 할아버지의 장례식에서 본 독특한 풍경에 매력을 느꼈다. 안젤리나는 책을 읽어도 시체를 보존하는 법을 써놓은 과학 책을 읽었다.

조금 더 성장하여 고등학교를 다닐 무렵, 안젤리나는 펑크족에 가까웠다. 부자들만 사는 베벌리힐스의 십대 아이들 중엔 안젤리나처럼 가죽점퍼에 찢어진 청바지나 굽이 높은 더러운 부츠를 신고 다니는 아이는 한 명도 없었다. 그 애들은 모두 아버지의 카드를 들고 다니며, 유명 브랜드의 옷으로 어른들을 흉내 내는 데에만 정신이 팔려 있었다.

안젤리나는 남들과 다르게 보인다는 데 전혀 신경을 쓰지 않았고, 이런 성향은 반항적인 그녀의 성격과도 잘 맞아떨어졌다. 지금 생각해 보면, 베벌리힐스의 패션과 관습을 거부한 안젤리나의 태도는 어찌 보면 찬사를 받아야 한다고 생각될 수도 있다. 또래 친구들에 비해 사회적인 적응을 못했다고 평가할 수도 있겠지만 그런 것보다는 눈치 보지 않으며 자신이 좋아하는 대로 자신을 꾸몄던 안젤리나가 십대의 자유로운 정신에 더 어울리지 않았을까?

안젤리나가 어른이 되어서는 자신이 좋아하는 문구나 문양 그리고 사랑하는 사람의 이름을 몸에 새겨 넣기 시작했다. 그녀는 다른 할리우드 여배우들처럼 스타일 좋게 옷을 빼입을 줄도 몰랐고 쇼핑을 즐겨하지도 않았다.

하지만 이상하게도 사람들은, 안젤리나가 화장기 없는 얼굴에 단색의 면 티셔츠와 청바지만 입고 머리카락을 질끈 고무줄로 묶고 다니기만 해도 그녀를 매력적인 여자라고 생각한다. 다른 여자한테선 찾아볼 수 없는 안젤리나만의 아름다움이란 바로 그런 것이었다.

확실히 안젤리나에겐 그녀만의 아름다움이 따로 존재하는 것 같다. 다른 사람들이 아름다움의 기준이라고 정한 것은 그녀에겐 별로 중요하지 않다. 그녀에게 아름다운 것은 그녀가 좋아하는 모든 것이며, 그것들을 아름답다고 믿는 당당

신념을 몸에 새기다

십대 시절부터 안젤리나는 몸에 그림을 그려 넣는 데 관심이 많았다. 하지만 문신을 안 좋게 생각하는 대부분의 사람들 때문에 대중의 눈에 안젤리나는 호감 가지 않는 연예인이 되기에 충분했다. 또한 문신은 그녀에 관한 부정적인 소문을 더 악화시키는 요인이 되기도 했다. 안젤리나는 문신을 부정적으로 보는 사람들에 대해 이렇게 말하고 있다.

"문신에 대한 사람들의 관점을 이해할 수 없어요. 저는 문신이 비밀스러우면서도 낭만적이고 원시적인 느낌이 들어서 좋아요. 그런데 대중의 눈에는 제가 은밀하고 음흉하게만 비쳐지는 것 같아요. 그래서 저를 바라볼 때 '문신'과 '칼 수집'에만 초점을 맞추곤 하죠. 하지만 문신을 하고 칼을 수집한다고 해서 그게 절대표하는 모습이라고 생각하지 말아 주세요. 사람들은 그런 기호 문제를 통해서 저를 판단하려고 하고, 저에 관해 잘 아는 척 얘기들을 하죠. 제가 그렇게 평가받는 건 부당한 일이에요."

안젤리나는 자신이 문신을 하는 이유를 다음과 같이 설명하고 있다. "저에게 문신은 모두 어떤 순간의 의미를 담고 있어요. 비행기에서 뛰어 내리는 순간처럼 말이에요. 이 중에는 제가 스코틀랜드에 있을 때 한밤중에 저 혼자서 문신하는 데를 찾아가 새긴 것도 있어요. 후회는 하지 않아요. 문신은 항상 문신을 새겼던 그 순간의 기억을 되살려 주니까요. 제게 의미 있는, 저만이 간직하고 싶은 무언가를 제 몸에 새겨 넣는 거죠. 그런 개인적인 취향이나 의미를 다른 누군가가 뭐라고 할 수 있는 문제인가요?”

안젤리나는 다양한 문신을 몸에 새겼는데 대략 말하면 다음과 같다. 왼쪽 팔뚝에는 미국의 극작가인 테네시 윌리엄스의 “A prayer for the wild at heart, kept in cages(거친 심장을 지녔지만 새장에 갇힌 영혼을 위한 기도)”라는 문구가 새겨져 있고, 배 왼쪽 하부에는 라틴십자가 모양이 있다. 등에는 커다란 호랑이가 있고, 그 밑에 용 문신이 있다. 양쪽 어깨 사이 목덜미에는 ‘Know your rights(자기 권리를 알라).’라는 문장이 새겨져 있다. 또 등 아래쪽에는 물결 같은 뾰족한 검정색 원시 부족 무늬 한 쌍이 있고, 오른쪽 팔뚝에는 아라비아 체로 ‘strength of will(의지의 힘)’이란 글씨가 있다. 배꼽 아래에는 ‘Quod me nutrit me destruit’라는 라틴어가 새겨져 있는데, 이는 ‘나를 만드는 것이 나를 파괴하기도 한다.’는 뜻이다.

나중에 두 번째 남편이 된 빌리 밥 손튼을 향한 사랑의 표시로 왼쪽 팔뚝에는 ‘Billy Bob’이라는 글자를 새겼고, 오른쪽 팔에도

안젤리나 졸리, 세 가지 열정

문신을 했는데, 그 의미는 비밀이라고 한다. 빌리 밥과 헤어진 후 안젤리나는 레이저 시술로 'Billy Bob' 문신을 제거했다. 이는 빌리 밥이 있던 자리에 입양 자녀 매덕스와 자하라가 들어왔음을 의미한다고 할 수 있다.

안젤리나가 가장 많이 이야기하는 문신 중 하나는 등 아래쪽에 새긴 창문 문신으로, '창문'은 그녀가 살면서 항상 더 나은 것을 찾는다는 걸 상징한다고 한다. 안젤리나는 창문 문신에 대해 이렇게 얘기한다. "창문 문신을 한 이유는 당시 제가 항상 창밖을 바라보았기 때문이에요. 저는 언제나 다른 어딘가에 가길 원했어요. 지금은 그렇지 않지만요. 지금은 행복하거든요."

안젤리나는 매덕스를 입양하면서 왼쪽 어깨에 매덕스의 보호를 기원하며 기도문을 큼지막하게 새겨 넣었다. 이 문신은 승려들이 해주었는데, 안젤리나가 제일 좋아하는 문신이다. 손으로 쓴 캄보디아 글씨가 세로로 다섯 줄인데, '나쁜 기운'을 막아 주는 글이라고 한다.

영화 촬영장에서 분장사들은 안젤리나의 문신을 가리느라 진땀을 빼지만, 그녀는 문신 덕분에 영화에서 누드 장면을 찍어야 할 일이 줄어든다고 말했다. 강도 높은 노출 장면을 촬영할 때, 안젤리나의 문신을 본 감독들은 단순히 옷을 벗기기보다는 다른 창의적인 방식으로 섹시함을 표현하고자 고심하게 되기 때문이다. 이는 안젤리나가 문신을 좋아하는 또 다른 이유이다.

안젤리나는 순전히 섹시한 외모 때문에 배역을 맡는다거나, 그런 역할을 위해 자기 몸을 주문에 맞추어야 한다는 사실을 항상 힘들어했다. 그런데 문신이 영화에서 옷을 벗어야 할 기회를 그만큼 줄여 주었다는 것이다. 그렇기 때문에 안젤리나는 문신이 연기할 때 자기 관리 능력을 되찾게 해준다고도 생각한다.

안젤리나가 금발의 귀여운 여인들과 다른 점

안젤리나가 제일 파격적으로 선택한 영화의 역할은 무엇일까? 바로 〈어느 날 그녀에게 생긴 일〉에서의 금발 머리 여기자 레이니 역이다. 이 영화는 로맨틱 코미디물인데, 주인공 레이니는 허영에 들뜬 철없는 금발 미녀로 텔레비전 기자이다. 그녀는 어느 날 통찰력을 가진 예지자로부터 이기적인 생활 방식을 철저하게 바꾸지 않으면 일주일 후에 세상을 떠나게 된다는 예언을 듣게 된다.

안젤리나가 이 역할을 선택한 이유는 자신에게도 밝고 유머러스한 모습이 있다는 것을 보여 주고 싶어서라고 한다. 실제로 안젤리나는 금발 가발을 쓰고 자신이 '마릴린 먼로'처럼 분장한 것 같다며 즐거워했다. 또한 자신과는 전혀 다른 레이니 역할을 연기함으로써 자신이 할 수 있는 연기의 영역을 넓히려고 했다.

하지만 안젤리나와 레이니는 달라도 너무 달랐다. 안젤리나는

안젤리나 졸리, 세 가지 열정

자신이 선택한 영화의 모든 배역에선 어딘가 자신과 닮은 구석이 있다는 말을 가끔 했는데, 레이니에게선 자신과 닮은 구석을 전혀 찾을 수 없다고 말했다. 그녀는 레이니와 이 영화를 다음과 같이 평가하였다.

"관객들은 레이니를 통해 인간의 모순된 면을 볼 수 있어요. 레이니는 금발 머리에, 분홍색 립스틱을 바르고, 하이힐을 신고 다니죠. 또 일부러 치아를 희게 만들고, 속눈썹을 동그랗게 말아 올려요. 영화에서 레이니는 한 가지 깨닫는 게 있어요. 록큰롤을 좋아하고 외모에는 무관심했던 십대 시절의 자신이 지금보다 더 멋있고 행복했다는 사실이죠. 이 영화는 진정한 자신이 아닌 다른 무언가가 되기 위해 노력할 필요는 없다고 말하고 있죠. 저는 그 점에 주목했어요."

안젤리나와 레이니라는 인물 사이에 어떤 관련이 있다면, 십대 시절의 레이니에서 둘 사이의 공통점을 찾을 수 있을 것이다. 하지만 안젤리나는 십대 시절의 자신의 모습을 잃어버리고 새침데기 소녀같이 변해 버린 지금의 레이니 모습은 자신과는 전혀 다르다고 얘기했다. "저는 쇼핑을 잘 안 해요. 매일 같은 옷을 입죠. 구두창과 지퍼를 네 번이나 고치고 갈아 끼운 신발도 있어요. 다른 신발은 안 살 테니까 고칠 수밖에요. 심지어 저는 영화에 출연하기 전까지 제 브래지어 사이즈도 몰랐 안젤리나는 자기 옷을 살 때는 아주 인색했지만, 남을 돕는 자선 사업에는 엄청난 액수의 돈을 아낌없이 내놓았다. 안젤리나가 존중받고 할리우드의 대다수 여배우들과 구별되는 이유가 여기에 있다. 다른 여배우들은 젊음과 아름다움을 유지하기 위해 상당한 돈을 외모에 쏟아 붓기 때문이다.

이렇듯 안젤리나는 금발의 철없는 여인들과는 아름다움에 대한 생각이 많이 다르다. 영화에서 나오는 안젤리나의 화려한 모습은 진짜 모습이 아니다. 그녀는 유엔 사절단의 아프리카 방문에서 돌아오는 비행기 안에서 자신의 더러워진 옷가지들을 더 애틋해하고 더 자랑스러워하는 그런 여자이다. 안젤리나는 자신의 본모습을 진심으로 사랑하며 아낀다. 마치 그런 것이 진정한 아름다움이란 것을 말해 주는 것처럼.

라라 크로프트,
몸에 대한 발견

> "안젤리나는 자신이 십대 때 자기 몸에 저지른 짓이 얼마나 큰 잘못인
> 지를 깨닫게 되었다. 그때는 상처와 흉터로 얼룩진 몸 때문에 더욱 자
> 신감이 없었고, 좌절감에 빠져 더욱 삐뚤어지기만 했었다.
> 하지만 라라로 변신해 가는 그녀는 그 어느 때보다 건강한 아름다움을
> 지닌 육체를 바라보며 정신적인 자신감과 자존감을 덤으로 얻을 수 있
> 었다."

대부분의 십대 소녀들이 그렇듯 안젤리나 역시 몇 가지 외모 콤플렉스가 있었다. 치아교정기를 꼈다, 안경을 썼다, 너무 말랐다는 등의 이유로 안젤리나는 친구들의 놀림을 받았다. 벌에 쏘여 부은 듯한 도톰한 입술이 지금은 안젤리나 최고의 매력 포인트로 찬사받고 있지만 당시에는 그렇지 못했다.

안젤리나는 남들과 달리 도톰한 입술 때문에 또래 친구들과 다른 건 무엇이든 나쁘다는 사실을 뼈저리게 배워야 했다. 어쨌든 안젤리나는 아웃사이더라는 자신의 명성을 굳히려고 마음먹은 듯 항상 튀는 색으로 머리카락을 염색했고, 가장 좋아하는 색깔인 검정색 옷만 입었다.

학교 친구들 중에는 집안이 부자이긴 했지만 용돈을 더 벌기 위해 모델로 활동하는 경우가 많았다. 스스로를 헝겊 인형 같다고 생각하긴 했지만 안젤리나도 모델 업계에 뛰어들었다. 세상에서 가장 아름다운 여성 중 하나로 손꼽히는 지금의 안젤리나에게 그런 과거가 있었다고 믿기 어렵지만, 십대 시절 모델계에 발을 들여 놓으려는 안젤리나는 실패를 맛보아야 했다.

모델 에이전트에서는 안젤리나가 '키가 너무 작고, 흉터가 너무

안젤리나 졸리, 세 가지 열정

많았으며, 너무 뚱뚱하고, 하여튼 무엇이든 마음에 드는 구석이 없어서' 모델로는 적당하지 않다고 했다. 에이전트에서 안젤리나를 모델로 고용하기를 거부한 이유 중의 하나였던 흉터는 안젤리나가 스스로 자기 몸에 낸 상처 때문에 생긴 것이다.

안젤리나는 14살 때부터 십대의 좌절감에서 해방되기 위해 자학을 일삼았다. 본인도 자해 사실을 시인했다. "13살, 14살 때는 정말 굉장히 힘든 시기였어요." 얼마나 힘들던지 안젤리나는 '살기 싫을 정도'로 힘들던 시기로 기억했다. 자해라는 행동은 스스로도 용납하기 어려운 실수였지만, 그래도 안젤리나는 그 당시의 생활을 거의 숨기지 않고 고백했다. "그때는 마치 덫에 걸려든 것 같은 느낌이었어요. 자해를 했던 이유도 무언가 끊어 버리고, 무언가에서 해방되길 원했기 때문이에요."

그러던 안젤리나가 자기 몸에 대한 소중함과 건강함이 주는 아름다움을 절실히 느끼게 된 계기가 있었다. 그것은 바로 〈툼 레이더〉를 찍기 위해 철저히 라라 크로프트가 되어야만 했던 과정에서 느끼게 된 것이다. 안젤리나는 라라를 연기하기 위해 그 어느 때보다 신체를 단련시켜야 했다. 그녀는 곧 탄력적인 근육으로 이루어진 볼륨 있는 몸매와 남자와도 견줄 만한 강인한 체력을 갖추게 되었다.

안젤리나는 자신이 십대 때 자기 몸에 저지른 짓이 얼마나 큰 잘못인지를 깨닫게 되었다. 그때는 상처와 흉터로 얼룩진 몸 때문에 더욱 자신감이 없었고, 좌절감에 빠져 더욱 삐뚤어지기만 했었다. 하지만 라라로 변신해 가는 그녀는 그 어느 때보다 건강한 아름다움을 지닌 육체를 바라보며 정신적인 자신감과 자존감을 덤으로 얻을 수 있었다. 라라와의 조우는 안젤리나에게 있어서 육체에서 나오는 또 다른 아름다움을 배울 수 있는 계기가 되었다. 그리고 그 아름다움이 발휘하는 정신적 만족감이 일상생활에 큰 힘을 발휘할 수 있음을 깨닫게 해주었다.

몸을 통해 자신감을 얻다

안젤리나는 라라 크로프트를 연기하기 위해 몇 달에 걸쳐 혹독한 준비 과정을 거쳐야 했다. 전부터 건강 관리 같은 것에는 관심이 없었던 그녀는 몸에 안 좋은 생활 습관들을 갖고 있었다. 갑자기 신체를 단련하려니 안젤리나는 마치 신병 훈련소에 온 것 같은 느낌이 들었다. 〈툼 레이더〉를 촬영하기 전 그녀는 자신의 생활 방식에 대해 다음과 같이 설명했다.

"저는 담배도 많이 피우고 술도 많이 마셨어요. 불면증도 심해서 다른 불면증 환자들처럼 저 역시 생활이 매우 불안정했지요. 하지만 촬영을 시작하면서 그런 생활 방식을 완전히 개조해야 했

안젤리나 졸리, 세 가지 열정

고, 또 적응해야만 했어요. 아침 일찍 일어났을 때 물을 아주 많이 마셨고, 트레이너들은 매일 제가 섭취하는 단백질을 확인했어요. 계란 흰자를 주로 먹었고, 비타민제도 복용했어요." 안젤리나는 그동안 살면서 이때처럼 많이 먹어 본 적이 한 번도 없었다고 했다.

안젤리나의 몸은 갑작스럽게 변한 생활 방식에 쉽게 적응할 수 없었다. 하지만 안젤리나는 새로운 생활을 기꺼이 받아들였고 신체적인 변화를 즐거운 마음으로 지켜보았다. 전부터 항상 마른 몸매를 유지했던 안젤리나는 완벽한 라라를 그려 내기 위해 근육을 20파운드(약 9kg)나 더 늘려야 했다. 매일 아침 7시에 일어나 요가를 했고, 단백질 쉐이크를 마셨다. 또 번지 발레에 다이빙도 연습해야 했고, 특수부대와 함께 무기 사용법에 관해서도 배웠다. 축구와 킥복싱도 해야 했다.

안젤리나의 아버지 존 보이트는 딸의 운동 감각은 타고난 것이라고 말했다. "안젤리나는 언제나 훌륭한 운동선수였습니다. 제가 축구를 가르친 적이 있었는데 저희 팀에서 가장 훌륭한 선수는 안젤리나였어요. 또 학교 다닐 때 반에서도 달리기를 제일 잘했습니다."

할리우드 여배우들 중에는 살이 찌느니 차라리 팔을 잘라 내겠다는 사람이 더 많은데, 안젤리나는 살이 붙은 자기 모습이 마음에 들었고, 근육 때문에 더 매력적으로 보인다고 생각했다. 실제로 안젤리나는 살이 더 찌기를 원했다. "저는 볼륨 있는 몸매를 갖고 싶었는데, 잘 안 되더라고요. 너무 비쩍 마르고 뼈가 앙상하게 드러난 몸으로 살아야 했죠. 하지만 마침내 저도 탄력적인 굴곡 있는 몸매를 갖게 되었고, 뒤태도 아름다워졌어요."

안젤리나는 〈툼 레이더〉의 촬영으로 인해 정신적, 육체적으로 최상의 상태에 도달해 있었다. 그리고 스스로도 이런 자신이 굉장히 만족스러웠다. 그녀는 외모가 건강하고 탄력적으로 변화한 이 때처럼 스스로의 삶을 잘 통제한다고 느낀 적은 없었다고 한다.

안젤리나는 신체적인 훈련을 통해 전에는 불가능하다고 여겼던 일을 할 수 있게 되었고, 그 때문에 자신의 몸을 통제할 수 있는 힘과 자신감을 느끼게 되었다. 그녀는 그런 기분을 이렇게 표현했다. "지금은 말 그대로 아무의 엉덩이라도 걸어찰 수 있을 만큼 기분이 최상이에요. 금방 하늘로 날아 올라갈 수 있을 만큼 상쾌한 기분이에요. 라라 크로프트 덕분에 저는 살면서 처음으로 제가 아름답다고 느끼게 되었어요."

안젤리나는 〈툼 레이더〉에서 캄보디아의 정글을 참 많이도 뛰어다녔다. 그런데도 그녀는 촬영 내내 땀을 뻘뻘 흘리면서도 기분이 최고라고 말했다. 그리고 신체적으로 강한 인상을 주는 인물을 연기한다는 사실에 색다른 즐거움을 느꼈으며, 그 어느 때보다 외

안젤리나 졸리, 세 가지 열정

모에 대한 자신감은 최고조에 달했다고 말했다. 안젤리나는 이때부터 건강한 몸이 주는 아름다움이, 무엇인가를 조절하고 통제할 수 있는 권력이 될 수 있다는 것을 깨닫게 되었다.

세 번째 열정,
자신만의 아름다움을 추구하라!

진정한 아름다움, 모성의 발견

> 헐렁한 실내복에 기저귀를 가는 모습이 섹시하지 않다는 건 안젤리나도 인정한다. 다리털을 면도할 시간조차 없었지만, 그녀는 자신이 더 아름다운 사람이 되었다고 느꼈다. 전에는 세상에서 자신의 위치도, 삶의 목적도 알지 못한 채 방황했지만 마침내 '이전의 모든 의문점에 대한 해답을 찾은' 듯한 기분을 느낄 수 있었다.

대부분의 아기 어머니들은 아기를 돌보느라 거울을 보며 외모를 가꿀 시간이 거의 없다. 그런데 아이러니하게도, 오랫동안 할리우드에서 가장 아름다운 여인으로 인정받던 배우 안젤리나는 아이를 키우는 자신의 모습이 가장 아름답다는 걸 깨달았다고 한다.

겉모습만으로 남을 판단하는 사람은 절대 이해할 수 없는 이런 자기 만족감은 안젤리나가 내적으로 자신을 어떻게 느끼고 생각하는지와 깊은 관련이 있다. 자신과는 전혀 상관없던, 만난 적조차 없는 사람들에게 무조건적인 사랑을 베풀자, 안젤리나는 내적으로 새로운 만족감을 느낄 수 있었고, 동시에 전에 알지 못하던 새로운 아름다움도 깨닫게 되었다.

"제 모습이 마음에 들 때도 있고, 마음에 들지 않을 때도 있기 마련이죠. 하지만 요즘 전 제가 옛날보다 더 아름다워졌다고 느껴요. 제가 엄마라는 사실이 너무 행복하게 느껴져서 그런 것 같아요. 한밤중에 아이가 흘린 음식으로 몸이 범벅이 된 채 아이를 안고 살살 흔들며 재우는 제 모습은 지저분하고 지친 모습이지만, 전 그때의 제 모습이 제일 아름답다고 생각해요. 어머니 역할을 통해 깨달은 게 많은데, 그중에 아름다움은 오직 내면에서 나온다는 사실을 이제야 배웠어요."

물론 헐렁한 실내복에 기저귀를 가는 모습이 섹시하지 않다는 건 안젤리나도 인정한다. 다리털을 면도할 시간조차 없었지만, 그녀는 자신이 더 아름다운 사람이 되었다고 느꼈다. 전에는 세상에서 자신의 위치도, 삶의 목적도 알지 못한 채 방황했지만 마침내 '이전의 모든 의문점에 대한 해답을 찾은' 듯한 기분을 느낄 수 있었다.

"사람은 누구나 인생의 목적과 목표가 있어요. 제 경우는 세상의 많은 어린이들 속에서 제 가족을 찾는 거예요." 안젤리나는 자신이 가진 모든 걸 아이들에게 기꺼이 주고 싶었다. 그리고 아이들로 인해 행복을 얻었으니까 그 보답을 이미 받은 셈이라고 생각했다. "저는 아이들 덕분에 더 여성스러워졌어요. 입양을 통해 마침내 생활의 안정을 찾았고 세상을 다 얻은 듯 부러울 게 없어졌어요."

모성의 발견

안젤리나는 세계관이나 인생관이 바뀌기 전에도 아름다운 모성을 가진 여자였다. 사실 안젤리나는 매덕스 입양 전에도 엄마의 역할을 하고 있었다. 두 번째 남편이었던 빌리 밥에겐 전처에게서

안젤리나 졸리, 세 가지 열정

나은 두 아들이 있었기 때문이다. 안젤리나는 그 아이들에게 피한 방울 안 섞인 새엄마였지만 그 아이들을 진심 어린 사랑으로 대했고, 또 모성애를 발휘할 수 있다는 걸 대단히 좋아했다.

한마디로 안젤리나는 빌리 밥의 두 아들인 윌리엄과 해리가 있다는 걸 행복하게 생각했다. 그녀는 인터뷰에서 다음과 같이 말했다. "빌리 밥의 두 아들은 정말 멋진 아이들이에요. 이제 막 7살, 8살이 됐으니까 사실 아직은 아기라고 할 수 있어요. 아이들은 현재 친엄마와 함께 사는데, 그 분도 정말 괜찮은 사람이에요. 아이들이 저와 같이 시간을 보낼 수 있도록 저희 집에 아이들을 보내주거든요. 그러니까 저희들은 이미 가족인 셈이죠."

불행한 어린 시절을 보낸 안젤리나는 마치 윌리엄과 해리를 통해 행복한 어린 시절을 다시 보내길 원하는 듯 보였다. 안젤리나 역시 이를 시인했다. "제가 다시 어린 아이가 되어 다시 어린 시절을 보내는 것 같아요. 다시 그 시절로 돌아가면 정말 아이답게 행복하게 지내고 싶었어요. 그런데 남편과 또 남편의 아이들과 함께 하면서 수년 만에 처음으로 행복한 아이가 된 기분을 느꼈어요."

2001년 11월, 안젤리나는 두 아이들과 할로윈 파티를 즐긴다는 사실에 굉장히 들떴었다. "저희 모두 토끼 옷을 입고 상자로 만든 터널을 지나다니며 당근을 먹었어요. 빌리 밥과 저는 머리부터 발끝까지 토끼 옷을 입고 있었는데, 꼭 커다란 분홍색 잠옷 같았죠.

그리고 다 같이 〈찰리 브라운〉과 〈스쿠비 두〉 만화를 봤고, 또 호박으로 등을 만들었어요. 직접 보셨다면 놀라셨을 거예요. 완전히 난장판이었거든요."

이러한 모습을 통해 안젤리나가 가족의 유대감과 사랑을 대단히 중요시 여긴다는 사실을 알 수 있다. 그리고 안젤리나는 본래 모성이 강한 여자이며, 가정적인 면이 강하다는 사실을 확실하게 알 수 있다. "전에 아파트에서 살 때 차를 타고 집을 보러 다닌 적이 있었어요. 전 항상 개 한 마리를 키우고, 저녁 식사를 하면서 식구들이 하루 일과에 대해 대화하는 그런 집에서 살아 봤으면 하고 꿈꿔 왔었죠."

빌리는 아주 사소한 집안일만 거들어 주었지만 그래도 안젤리나는 가정을 이루었다는 데 큰 기쁨을 느꼈었다. 물론 그 가정은 얼마 안 가 깨졌지만 그때의 안젤리나는 마치 어머니 역할에 완전히 매료된 젊은 엄마가 처음으로 아이에게 걷기 연습을 시켰을 때 희열을 느끼듯 행복해 보였다.

힘겹지만 행복한 엄마 역할

마침내 매덕스의 양육권을 인도받았을 때, 안젤리나는 아프리카에서 〈머나먼 사랑〉(2003)을 촬영하고 있었다. 예정대로 촬영을 시작한 안젤리나는 쉬는 시간이면 어김없이 아들과 시간을 보냈

안젤리나 졸리, 세 가지 열정

다. 이전에 기저귀를 갈아 본 적이 단 한 번도 없었지만 그래도 안젤리나는 해보겠다는 의지로 열심히 기저귀를 갈며 아기를 돌보았다. 또한 일을 한다는 이유로 엄마 역할에 소홀하고 싶지 않다면서 엄마라는 새로운 역할을 즐거운 마음으로 수행했다.

"아프리카에서 영화를 촬영할 때 저는 텐트 안에 아기 침대를 두었어요. 아프리카에서 태국으로 이동할 때도 매덕스가 함께 갔고요. 그러니까 저는 매덕스를 키우기 시작한 처음 몇 달간은 아프리카인들, 태국인들과 함께 시간을 보낸 거죠. 아프리카와 태국의 현지인들에게서 아이를 감싸는 포대기 같은 띠로 매덕스를 안고 다니는 법, 아기에게 우유를 먹이는 법 등을 그들 방식대로 배웠어요."

안젤리나 같은 최상급 할리우드 여배우라면 대부분이 하루 종일 아이를 봐주는 유모를 고용한다. 그렇게 하면 일할 때 8개월 된 아기를 돌보느라 지치거나 불편한 일은 겪지 않기 때문이다. 하지만 안젤리나는 엄마 역할을 피하고 싶지 않았고, 정면 돌파로 해내리라 결심했다. "여배우라는 직업은 장점이 아주 많아요. 돈도 많이 벌고요. 제가 필요한 도움도 아주 많이 받을 수 있어요. 그렇지만 제가 할 일을 전부 유모에게 시키는 그런 엄마가 되고 싶지는 않아요. 그런 엄마가 된다는 건 제 윤리관과 맞지 않거든요."

혼자서 아이를 키운다는 것

안젤리나는 아프리카에서 매덕스를 맞이할 최상의 준비를 미리 갖추고 있었는데, 한 가지 예상하지 못한 부분이 있었다. 바로 남편 없이 혼자 아기를 키워야 한다는 사실이었다. 빌리 밥과 이혼하기 전 안젤리나와 빌리는 한 사람이 영화를 촬영하면 다른 한 사람은 일을 하지 않고 일을 하는 배우자와 함께 지내기로 약속했었다. 만약 이혼하지 않았다면 매덕스가 도착했을 때 아기를 돌보아 줄 남편 빌리 밥이 옆에 있어야 했다. 두 사람의 이혼은 안젤리나의 계획을 수포로 돌아가게 만들었다. 아기를 혼자서 돌봐야 했고, 상심한 마음도 혼자서 추슬러야 했다.

〈머나먼 사랑〉의 영화 촬영 중, 동료 배우들은 안젤리나를 걱정스럽게 바라보았다. 빌리 밥과의 파경으로 인한 스트레스도 극심했는데, 거기다 고된 영화 촬영에, 갓난아기까지 돌봐야 했기 때문에 안젤리나의 몸은 심할 정도로 말랐고 건강도 쇠약해져 있었다. 안젤리나의 체중 감소는 촬영장에서 모두의 걱정거리였다.

건강이 그다지 좋지 않았던 건 사실이었지만, 안젤리나는 매덕스 때문에 힘든 건 아니라고 생각했다. 오히려 매덕스와 함께 있어서 행복했다. 그러나 사랑하는 사람이 떠났다는 건 안젤리나가 쉽게 극복할 수 없는 상당한 충격과 고통이었다. 안젤리나도 이를 인정했다. "혼자 아이를 키울 때 가장 힘든 점은 양육의 기쁨을 함

안젤리나 졸리, 세 가지 열정

께 나눌 사람이 없다는 거예요. 혼자 아이를 키우게 되리라고는 상상도 못했는데 말이죠.”

편모가 되고 난 안젤리나는 혼자서 자신과 오빠 제임스를 키워 낸 어머니를 더 존경하게 되었고 감사하게 되었다. “이제야 28살의 나이에 세 살 된 아들과 한 살 된 딸을 혼자 키워야 했던 엄마의 심정을 이해할 수 있을 것 같아요.”

옆에 빌리 밥이 없어서 외롭고 두려웠지만, 그래도 안젤리나는 아들을 사랑으로 키워야 할 강한 어머니가 되려면 과거에 너무 연연하지 말아야 한다는 것을 알고 있었다. “아이를 키우려면 해결할 수 없는 일은 그냥 잊어버려야 해요. 어머니가 된다는 건 완전한 헌신을 의미하죠. 그래서 자신을 불쌍하게 여기거나, 결혼 생활에서 잘못된 부분에 대해 슬퍼하는 사치를 부려서는 안 돼요.”

안젤리나는 정신적으로 더 강해졌고, 사랑에 대해서도 다시 한 번 생각하게 되었다. 매덕스가 알려 준 사랑은 일 이 년 만에 열정의 불이 꺼져 버리는 그런 사랑이 절대 아니었다. 안젤리나는 자신이 이제까지 제대로 사랑할 줄 몰랐다고 생각했다. 하지만 앞으로 만날 남자에 대해서는 좀 더 현명하게 사랑할 것을 다짐하고 있었다.

얼마 안 있어 그 남자는 나타났다. 안젤리나의 진정한 아름다움에 감탄하고, 그녀와 함께 세계의 가난한 난민들과 어린이들을 위

세 번째 열정,
자신만의 아름다움을 추구하라!

해 팔을 걷어붙이고 도와줄 진정한 남자로서 말이다. 안젤리나는
그 남자가 매덕스를 자상하게 돌보는 모습을 보았다. 그때 이미
안젤리나는 그 남자와의 사랑으로 깊은 내면으로부터 발현되는
아름다움이 조금씩 더 밝게 빛날 것임을 알고 있었다.

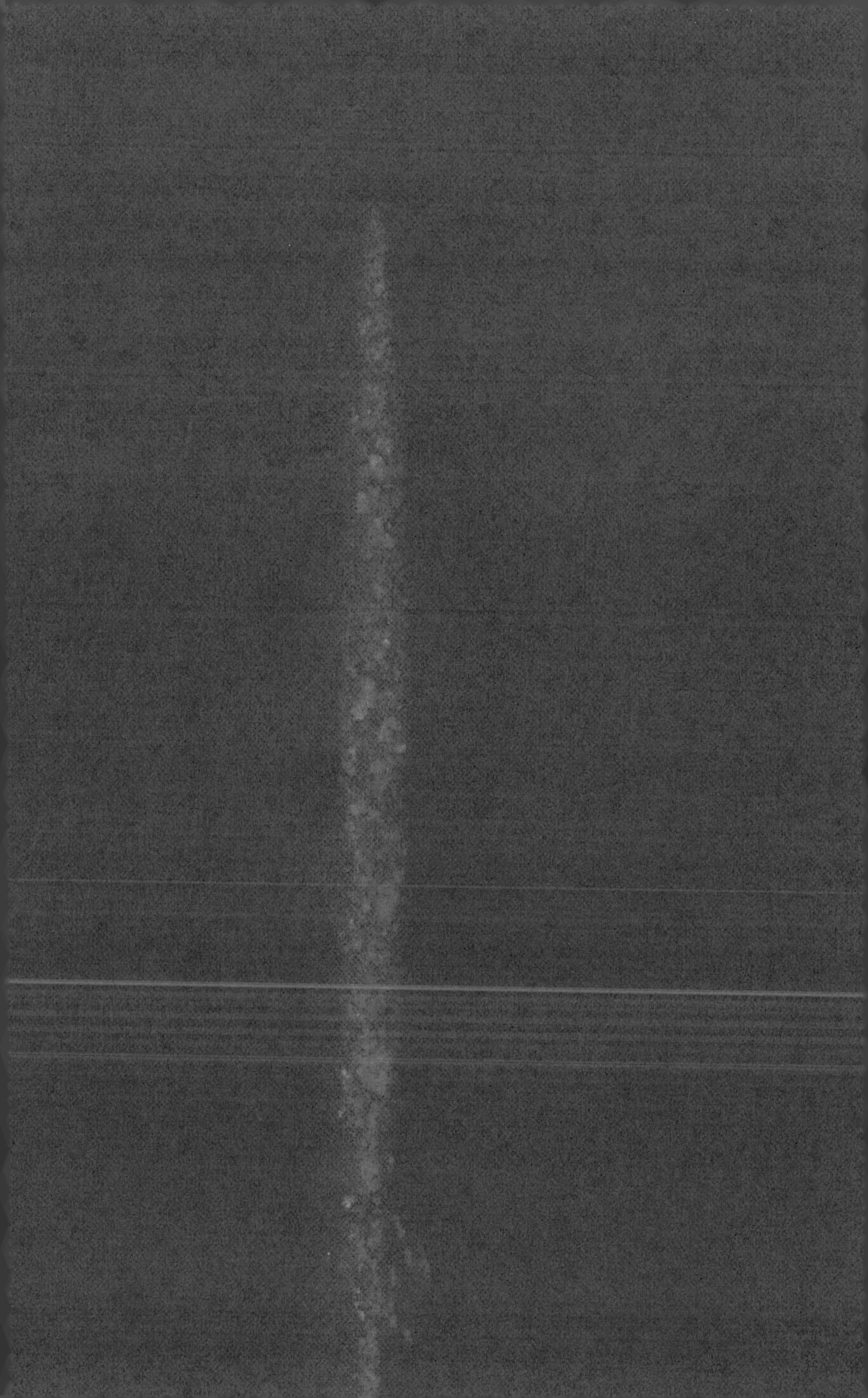